Der

Rain - Fall

Günter Schäfer

FSC
www.fsc.org
MIX
Papier aus verantwortungsvollen Quellen
Paper from responsible sources
FSC® C105338

Herstellung und Verlag: BoD - Books on Demand, Norderstedt

ISBN: 9783732285112

Vorwort des Autors

Der neue Fall des Augsburger Ermittlerteams. Wie immer eine rein fiktive Story, diesmal gespickt mit reellen Bezügen zu Örtlichkeiten aus der Stadt am Lech.

Ich möchte hiermit ausdrücklich darauf hinweisen, dass die gesamte Handlung dieser Geschichte mit allen darin vorkommenden Personen ausnahmslos meiner Fantasie entsprungen und somit frei erfunden ist.

Jede Übereinstimmung mit Abhandlungen bzw. lebenden oder verstorbenen Personen wäre rein zufällig und nicht beabsichtigt.

1. Kapitel

Er konnte es immer noch kaum glauben. Hauptkommissar Robert Markowitsch sollte endlich einmal ein freies Wochenende vor sich haben.

Nachdem er am Vorabend gemeinsam mit Peter Neumann den langwierigen Papierkram über den letzten Fall durchgegangen war nahm er sich vor, diesen vor ihm liegenden Samstag mit einem ausgiebigen Spaziergang zu genießen.

Der Kriminalbeamte schüttelte nachdenklich den Kopf, als sich ganz aus Gewohnheit noch einmal die wichtigsten Einzelheiten der vergangenen Tage vor seinem geistigen Auge präsentierten.

Gemeinsam mit seinem Team hatte er einen Nördlinger Stadtrat des mehrfachen Mordes überführt. Dass es dabei diesmal leider auch einen Jugendlichen erwischt hatte, lag Markowitsch besonders im Magen.

Letztendlich jedoch siegte wieder einmal die Gerechtigkeit, auch wenn wie so oft Unschuldige dabei auf der Strecke blieben.

Mit einem leisen Seufzer schloss der Leiter der Augsburger Kriminalpolizei die Akte **Endstation Alte Bastei**.

Er erhob sich von seinem Platz hinter dem Schreibtisch und sein Blick ging zur Uhr. Kurz nach acht.

Irgendwann kriegen wir sie doch alle dachte sich Markowitsch. *Jetzt aber raus hier, bevor noch irgendetwas Un-*

erwartetes dazwischen kommt.

Er hatte sich extra am frühen Morgen ins Büro begeben, um den letzten Schreibkram zu erledigen.

Nur wenige Minuten später befand sich der Chef des K1 der Augsburger Kriminalpolizeiinspektion auf dem Weg zu seinem Wagen.

Entgegen seiner Gewohnheit hatte er sich diesmal dazu entschlossen, den Vormittag nicht in seinem Stamm-Café in der Augsburger Innenstadt zu verbringen.

Stattdessen wollte er lieber wieder einmal die Morgensonne in der freien Natur genießen. Er erinnerte sich daran, dass er schon früher manches Mal am Ufer des Lechs ein paar entspannende Stunden verbracht hatte.

So setzte er sich also in seinen Wagen, fuhr diesen zielstrebig aus der Tiefgarage und machte sich auf den Weg in die knapp 50 Kilometer entfernte Tilly-Stadt Rain am Lech.

Robert Markowitsch wusste, dass man zu früher Stunde dort draußen am Lechkraftwerk nahezu ungestört war und die frische Luft in Ruhe genießen konnte.

Als er nach ca. einer halben Stunde von der Bundesstraße 2 in Höhe Donauwörth auf die B 16 abbog, konnte er in der Ferne schon bald die hohen Silos der Südzucker AG entdecken. Wenig später überquerte er die Brücke über den Lech, um kurz darauf die Ausfahrt nach Rain zu nehmen.

Während er sich langsam dem Bahnübergang am Ortseingang näherte, stach dem Beamten auf dem Fabrikgelände zu seiner Linken ein riesiger Schriftzug ins Auge.

Südzucker, Werk Rain las Markowitsch auf dem scheinbar erst vor kurzer Zeit erbauten neuen Silo, dessen Größe dem Hauptkommissar mächtig imponierte.

Würde mich interessieren, wie viele Zuckerwürfel da wohl reinpassen dachte er sich, als er langsam den beschrankten Bahnübergang passierte.

Er fuhr anschließend am Sportgelände des TSV Rain vorbei, um gleich darauf hinter dem zur rechten Seite liegenden Schulkomplex in die Kraftwerkstraße einzubiegen. Von hier aus war es nur noch ein Katzensprung bis hinaus zum Lechkraftwerk.

Die Straße führte ihn an Wohnhäusern vorbei durch ein kurzes Waldstück, an dessen linker Seite er auch das Gebäude des Wasserwerkes erkennen konnte.

Langsam lenkte der Hauptkommissar seinen Wagen die knapp fünfhundert Meter bis hin zu dem kleinen Seitenweg, an dem er das Fahrzeug parken konnte.

Anhand der herumliegenden Zweige, auch einige größere Äste waren dabei, erkannte Markowitsch, dass sich das Gewitter der vergangenen Nacht hier in Rain am Lech wohl etwas heftiger ausgetobt hatte als in der Augsburger Gegend.

Markowitsch stieg aus, verschloss die Autotür und zog den Reißverschluss seiner Jacke nach oben.

Hier draußen wehte um diese Zeit noch ein frischer Wind, der allerdings auch die letzten Wolken des Gewitters aus der vergangenen Nacht vertrieb.

Der Augsburger Hauptkommissar atmete ein paar Mal kräftig durch, um sich seine Lungen mit der noch relativ kühlen Waldluft zu füllen. Als er sich von seinem Fahrzeug entfernte, breitete sich langsam ein Gefühl der Entspannung in ihm aus.

Es waren nur einige wenige Schritte, bis er das Gebäude des Kraftwerks erreichte. Kurz davor betrachtete er zu seiner linken Seite die in einem abgesperrten Areal stehenden Stahltürme und Verteilergehäuse der Kraftwerkanlage, die zur Stromverteilung dienen.

Robert Markowitsch wandte sich vor dem Turbinenhaus nach links, von wo ihn eine Treppe hinauf an das Ufer des Lechs führte.

In Gedanken zählte er die siebzehn Stufen mit und freute sich auf den vor ihm liegenden Spaziergang, nach welchem er anschließend in der Rainer Innenstadt gemütlich seinen Cappuccino zu sich nehmen wollte.

Als er oben an der Mauer angekommen war und seinen Blick über das Wasser schweifen ließ bemerkte er, dass sich die Sonne am Morgenhimmel nach und nach mehr Platz verschaffte.

Die gleißenden Strahlen glitzerten dermaßen auf der Wasseroberfläche, dass Markowitsch die Augen zusammen kneifen musste.

Bilderbuchwetter dachte er zufrieden bei sich. *Das scheint ausnahmsweise mal ein angenehmes Wochenende zu werden.*

Als er sich auf den Weg machen wollte, vernahm er aus der Ferne aufgeregtes Geschrei.

Da er zunächst nicht eindeutig erkennen konnte

woher die Stimmen kamen, drehte er sich einmal um seine eigene Achse, konnte jedoch niemanden entdecken, dem er die Rufe hätte zuordnen können.

Der Kripobeamte versuchte sich zu konzentrieren, lauschte noch einmal. Wieder vernahm er das scheinbar aufgeregte Rufen und erkannte schließlich, dass es von der anderen Seite des Flusses kam.

Erneut kniff er die Augen zusammen und konnte nun drei Jugendliche ausmachen, von denen zwei aufgeregt in seine Richtung winkten.

Scheinbar hatten diese ihn ebenfalls gesehen und wollten sich wohl durch ihr Rufen bei ihm bemerkbar machen.

Da sich Markowitsch, wie er feststellte, momentan alleine auf dieser Seite des Lechs befand ging er davon aus, dass ihn die jungen Leute vielleicht nur grüßen wollten.

Er wunderte sich zwar etwas darüber, dass sich zu dieser Zeit schon einige Halbwüchsige hier draußen aufhielten, dachte dabei jedoch an seine eigene Jugendzeit zurück.

Auch er hatte sich mit seinen Schulkameraden stets irgendwo im Wald oder auch am Wasser herumgetrieben. Sie hatten Räuber und Gendarm gespielt, ein geheimes Lager gebaut, oder einfach nur die Gegend erkundet.

In der freien Natur gab es für junge Leute immer irgendetwas Neues zu entdecken.

Freundlich winkte er zu ihnen hinüber und wollte sich nun auch endlich auf seinen Spaziergang begeben. Doch das erneute Rufen von der anderen Seite, das nun eher schon einem Schreien glich, hielt ihn noch davon ab.

Er strengte sich an, die Wortfetzen genauer zu vernehmen, glaubte schließlich so etwas wie einen Hilferuf heraus zu hören.

Jetzt wurde es ihm doch ein wenig komisch zumute. Sollte vielleicht jemand ins Wasser gefallen sein? Robert Markowitsch fühlte, dass sein Puls zunehmend schneller wurde. Er konnte seinen Blick nicht von der Stelle nehmen, an der sich die Personen befanden. Eine von ihnen schien auf einen ganz bestimmten Punkt im Wasser zu zeigen.

Also doch fuhr es dem Kriminalbeamten erschreckend durch den Kopf. *Mist. Wie komme ich jetzt am schnellsten da rüber?*

Nervosität kannte Robert Markowitsch durch seine langjährige Arbeit als Hauptkommissar der Augsburger Kriminalpolizei kaum mehr.

Wenn es jedoch um eine akute Situation ging an der Kinder oder Jugendliche beteiligt waren, musste er sich immer zusammen reißen, um einen klaren Kopf zu bewahren.

Er versuchte sich verzweifelt daran zu erinnern, auf welchem Weg er früher über die Kraftwerkanlage auf die andere Seite des Lechs gelangt war.

Jetzt bloß keine Panik alter Junge, versuchte er sich selbst zu beruhigen.

Nur wenige Sekunden dauerte es, bis er seine Gedanken sortiert und sogleich wie von einer Tarantel gestochen auf dem Absatz kehrt gemacht hatte.

Mit ausholenden Schritten eilte er auf die Treppe zu, die er vor wenigen Minuten hinaufgestiegen war.

Immer zwei Stufen gleichzeitig nehmend dauerte es nur wenige Augenblicke, bis er sich auf dem Weg befand, der ihn um das Turbinenhaus herum führte.

Markowitsch rannte wie von Sinnen auf eine Stahltüre zu und hoffte inständig, dass diese nicht abgesperrt war.

Erleichtert keuchte er auf, als er sie unverschlossen fand und hastete sogleich die Betonstufen nach oben. Sekunden später befand er sich bereits auf dem stählernen Laufsteg, welchen er nun im Eiltempo überquerte.

Sein Blick auf die andere Seite des Flusses zeigte ihm noch immer die aufgeregt winkenden Gestalten. Markowitsch konnte die an seine Ohren dringenden Wortfetzen jedoch nicht genau verstehen. Zu groß war der Lärm um ihn herum.

Man hatte auf Grund des hohen Wasserpegels die Schleusen des Lechs geöffnet. Das beeindruckende Schauspiel der hinabstürzenden Wassermassen ließ der Hauptkommissar jedoch in seiner momentanen Situation unbeachtet.

Als er endlich die andere Seite erreicht und mit einem Sprung die letzte Stufe des Steges hinter sich gebracht hatte, knickte er fast mit seinem rechten Fuß um.

Etwas außer Atem konnte er sich gerade noch abfangen und dadurch einen Sturz verhindern.

Nachdem er sich wieder gefangen hatte, kamen ihm bereits die aufgeregten Jungen entgegen. Markowitsch schätzte sie alle im ersten Moment auf etwa dreizehn oder vierzehn Jahre.

„Schnell, kommen sie“, wurde ihm aufgeregt zugerufen.

Einer der drei Burschen deutete mit der Hand in Richtung des Ufers.

„Da, im Wasser."

Markowitsch folgte dem Fingerzeig des Jungen, konnte im ersten Augenblick aber keine Gefahrensituation erkennen.

„Ist einer von euch ins Wasser gefallen?", fragte er, während er zu den anderen beiden ans Ufer eilte.

„Nein", kam die Antwort von einem zurück. „Aber da liegt jemand drin."

„Ja", meinte ein zweiter. „Eine Frau. Die ist bestimmt tot."

Die Burschen drehten sich um und wollten Markowitsch zu der besagten Stelle führen.

„Halt", rief der Beamte, indem er einen der Jungen an dessen Arm festhielt. „Ihr bleibt besser hier stehen. Nicht, dass mir einer von euch noch unbeabsichtigt baden geht."

Augenblicke später hatte Markowitsch die Stelle erreicht, von der aus die Jungen auf sich aufmerksam gemacht hatten.

Zunächst konnte er nichts außer einigen Ästen erkennen, welche sich scheinbar im Ufergestrüpp verfangen hatten. Erst als er direkt ans Ufer trat, entdeckte er den offenbar leblosen Körper einer Frau, der sich zwischen den Ästen befand.

Oh ja, dachte er etwas resigniert bei sich, *hier kann wohl niemand mehr helfen.*

Der Hauptkommissar blickte sich um, suchte nach irgendetwas, mit dem er den im Wasser liegenden Körper ans Ufer hätte ziehen können.

Sein Blick traf die Jugendlichen, die nun ihre Köpfe zusammengesteckt beieinander standen und aufgeregt miteinander tuschelten.

Markowitsch zog sein Handy aus der Tasche während er sich erhob. Er drückte eine der Kurzwahltasten und hoffte dabei inständig, dass der Angerufene auch sofort ans Telefon gehen würde.

Dreimal vernahm er den Klingelton, dann ein viertes Mal, ein fünftes Mal …

Verdammt, nun geh schon ran, schimpfte er in Gedanken vor sich hin, biss sich dabei auf die Unterlippe.

Mit einer raschen Handbewegung winkte er die Jungen zu sich heran. Schnellen Schrittes kamen diese ihm entgegen, sahen ihn mit großen Augen fragend an.

„Eine Stange brauche ich“, sprach er die Jungs an, „oder einen langen Ast.“

Markowitsch machte dabei eine ausholende Handbewegung.

„Neumann, hallo? Sind sie schon dran?“, rief er ins Handy.

„Und deshalb schmeißen sie mich am Samstagmorgen aus dem Bett, Chef? Nur weil sie eine Stange oder einen langen Ast brauchen?

Haben sie schlecht geträumt?“, vernahm Hauptkommissar Markowitsch die etwas verwundert klingende Stimme Peter Neumanns aus seinem Mobiltelefon.

„Guten Morgen, mein lieber Herr Neumann. Nachdem sie scheinbar noch geschlafen haben gehe ich davon aus, dass sie heute nichts Bestimmtes vorhaben.

Also darf ich sie bitten zu mir nach Rain am Lech zu kommen.

Verständigen sie aber als erstes die Kollegen der dortigen Polizeiwache. Sie sollen auf dem schnellsten Weg zum Kraftwerk kommen, es gibt Arbeit. Die Spurensicherung bringen sie bitte auch gleich mit."

„Kein Wochenende?", fragte Peter Neumann seufzend.

„Kein Wochenende", bestätigte Markowitsch rasch die überflüssige Frage seines Kollegen.

„Hüpfen sie in ihre Klamotten, Neumann."

Mit einem kurzen Blick auf seine Armbanduhr fügte er noch hinzu: „Ich erwarte sie spätestens um elf Uhr hier am Lechkraftwerk."

„Bin schon so gut wie unterwegs", gab Neumann seufzend zurück.

„Aber was um Himmels Willen treiben sie am Samstagmorgen dort draußen?"

„Tote Frauen suchen", gab der Kommissar sarkastisch zurück.

„Und sie werden es nicht glauben, Neumann, ich bin fündig geworden. Und jetzt machen sie sich endlich auf die Socken, es ist keine Zeit für Plänkeleien."

„Bin schon so gut wie weg", antwortete sein Kollege und beendete das Telefonat.

Robert Markowitsch blickte sich kurz um und sah dabei die drei Jungen mit einer langen Astgabel aus dem angrenzenden Waldstück kommen. Keuchend schleppten sie diese der kleinen Böschung entgegen.

Der Hauptkommissar blickte auf den im Wasser liegenden Leichnam und bemerkte dabei etwas sorgenvoll, dass das Wasser unaufhaltsam zu den geöffneten Schleusen des Kraftwerks strömte.

Es wäre wohl nur eine Frage der Zeit gewesen, bis die Tote durch den Sog mitsamt dem Gestrüpp dorthin gezogen würde.

„Beeilt euch Jungs", rief er, während er den dreien entgegen lief.

Als wären die Worte des Mannes ein Ansporn für sie, begannen die drei Freunde zu laufen, während sie sich gegenseitig immer wieder anfeuerten.

Wenige Augenblicke später nahm der Beamte das lange Gehölz aus ihren Händen entgegen. Keuchend kletterten die Buben die Böschung hinauf.

Robert Markowitsch eilte ans Ufer, schob die Astgabel ins Wasser und versuchte sogleich, die Tote damit ans Ufer zu ziehen.

Die mit Wasser vollgesogene Kleidung stellte dieses Vorhaben allerdings schwieriger dar als er es sich gedacht hatte.

Die Jungs bemerkten den verzweifelten Versuch des Mannes, die tote Frau ans Ufer zu holen.

„Warten sie", rief einer. „Wir helfen ihnen."

Markowitsch sah die drei voller Tatendrang auf sich zueilen.

„Ich glaube nicht, dass dies hier jetzt der richtige Platz für euch ist", meinte er, hob dabei seinen rechten Arm und deutete ihnen an, ruhig zu sein.

Aus der Ferne waren die Signale des Martinshorns zu vernehmen. Innerhalb weniger Augenblicke schienen sie an Lautstärke zuzunehmen. Der Kommissar deutete auf die andere Seite des Lechs.

„Einer von euch sollte hinübergehen, um meinen Kollegen den Weg zu zeigen“, sprach er.

Wie vom Donner gerührt blieben die Jungen plötzlich stehen.

„Sie sind von der Polizei?“, fragte einer erstaunt.

„Ja“, meinte Markowitsch, „bin ich.“

„Aber nicht aus Rain“, rief ein anderer von den dreien. „Die kenne ich nämlich alle.“

„Ach ja?“, gab Robert Markowitsch mit hochgezogenen Augenbrauen fragend zurück. „Wie denn das?“

„Weil mein Vater auch Polizist ist. Sogar Kommissar“, gab der Bursche stolz zur Antwort.

„Na, dann solltest du wohl am besten jetzt da rüber flitzen und gucken, dass dein Vater uns auch möglichst schnell findet, falls er heute Dienst haben sollte. Ich werde versuchen die Frau solange festzuhalten.“

Der Hauptkommissar deutete mit seiner Hand in Richtung der anderen Seite, während er zu dem Jungen sprach.

„Ja, hat er. Bin schon unterwegs“, rief dieser aufgeregt und machte auf dem Absatz kehrt. Kurz vor dem Laufsteg hielt er aber nochmals an und drehte sich zu Markowitsch und seinen Kameraden um.

„Warum tragen sie denn keine Uniform, wenn sie von der Polizei sind?“, rief er Markowitsch großspurig entgegen.

Trotz der angespannten Situation musste der Robert Markowitsch nun etwas lächeln.

„Weil ich erstens heute dienstfrei habe, so dachte ich jedenfalls und zweitens als Hauptkommissar keine Uniform tragen muss."

Erstaunt und mit offenem Mund sahen sich die drei Jungen an.

„Wow", meinte einer. „Ein echter Hauptkommissar. Wenn ich das zu Hause erzähle glaubt mir das kein Mensch."

Wieder lauschte Markowitsch in die Ferne. Der Lautstärke nach zu urteilen, mussten die Fahrzeuge der Kollegen schon bald an der gegenüber liegenden Seite angekommen sein.

„Nun aber los", mahnte er etwas gequält. „Beeil dich."

Zu den beiden anderen meinte er: „Ihr bleibt besser etwas zurück. Dies ist wohl nicht der richtige Platz um Pfadfinder zu spielen."

Im ersten Moment schienen die Jungen enttäuscht darüber zu sein, dass ihre Hilfe abgelehnt wurde.

Als Markowitsch dies bemerkte, meinte er nur: „Vielleicht könnt ihr eurem Kameraden auf der anderen Seite helfen."

Mit den Köpfen nickend eilten die zwei sogleich ihrem Freund hinterher.

Markowitsch versuchte indessen mit der Astgabel ein Abtreiben der Toten zu verhindern. Er hoffte inständig, dass die Rainer Kollegen nicht allzu lange auf sich warten ließen.

2. Kapitel

Drah di net um, oh oh oh, schau schau der Kommissar geht um, oh oh oh …

Als Peter Neumann durch den penetranten Klingelton seines Diensthandys aus dem Schlaf gerissen wurde war er sich sofort darüber im Klaren, dass es sich nur um einen Anruf seines Chefs handeln konnte.

Er hatte lange überlegt, welchen Song er den eingehenden Anrufen von Markowitsch's Handynummer zuordnen sollte und letztendlich beschlossen, dass es keinen treffenderen als den des verstorbenen Österreicher Schlagerstars Falco gab.

Mit einem langgezogenen Gähnen griff er sich das Mobiltelefon und drückte die Rufannahme. Er wollte sich gerade melden, als er auch schon die Stimme seines Vorgesetzten vernahm.

Eine Stange brauche ich, oder einen langen Ast.

Im ersten Augenblick überlegte Peter Neumann ob er sich verhört hatte, oder einfach nur von einem komischen Traum verfolgt wurde.

Nachdem er Markowitsch allerdings fragen hörte ob er am Apparat wäre wusste er sogleich, dass er keineswegs träumte.

Scheinbar befand sich sein Chef in einer akuten Stresssituation, denn seine nun folgende Schilderung klang alles andere als entspannt.

Trotz des schon inzwischen üblich gewordenen ironischen Wortgeplänkels zwischen ihm und seinem Chef vernahm der Kriminalbeamte die Dringlichkeit aus Markowitsch's Worten.

Dessen Anweisungen folgend verständigte Peter Neumann unverzüglich nach dem Beenden des kurzen Telefonates die Kollegen von der Polizeidienststelle in Rain und beorderte diese umgehend, wie von Markowitsch gewünscht, zum Lechkraftwerk.

Mit seinem nächsten Telefonat holte er den Bereitschaftsdienst der Kriminaltechnik vom Frühstückstisch weg, um sich wenige Augenblicke später nach einem kurzen Griff in den Brotkasten selbst auf den Weg zu seinem Dienstwagen zu begeben.

Peter Neumann, von den Kollegen nur kurz „Pit" genannt, klemmte sich die Scheibe trockenes Brot zwischen die Zähne und legte den Sicherheitsgurt an, bevor er den Schlüssel im Zündschloss herumdrehte.

Fenster runter, Blaulicht aufs Dach, Blinker raus, kurzer Blick über die Schulter nach hinten … und ab.

Routinemäßig spulten sich nun die Handlungsschritte in Peter Neumann ab. Fünfzehn Minuten später, als er bereits das Augsburger Stadtgebiet hinter sich gelassen hatte, beschleunigte er sein Fahrzeug auf der B2 in Richtung Donauwörth.

Langsam kauend versuchte er den Rest seines trockenen Frühstücks hinunter zu würgen.

Ein Schluck heißer Kaffee zum Nachspülen wäre jetzt auch nicht schlecht dachte er bei sich.

„Tote am Morgen bringen Kummer und Sorgen", murmelte er seufzend vor sich hin, als er auf die linke Spur ausscherte um einen vor ihm fahrenden Lkw zu überholen.

Es dauerte bei diesem Tempo keine Viertelstunde, bis er von der B2 abbog, um die Ausfahrt in Richtung Rain am Lech zu nehmen.

Für einen kurzen Moment schaltete er das Martinshorn ein, um die sich vor ihm befindlichen Fahrzeuge auf sein Überholen aufmerksam zu machen.

Ein schneller Blick auf sein Navigationsgerät zeigte ihm, dass er noch sechs Minuten bis zur Ankunft hatte.

Das schaffen wir aber schneller sprach Neumann in Gedanken zu sich, indem er seinem Wagen die Sporen gab.

3. Kapitel

Harry Zeller kurbelte die Fensterscheibe seines alten Geländewagens nach unten, um seine bereits herunter gebrannte Zigarettenkippe nach draußen zu schnippen.

Nervös kaute er auf seiner Unterlippe. Noch während er das Fenster wieder nach oben drehte griff er in seine Jackentasche, um sich aus der darin befindlichen Schachtel einen weiteren Glimmstängel heraus zu holen. Er schob sich das Stäbchen zwischen die Lippen, zündete es an und blies den Rauch gegen die Scheibe.

Hier, vom ehemaligen Volksfestplatz aus, auf welchem er schon seit vergangener Nacht stand, konnte er beobachten, wie sich langsam die Nebelschwaden über dem Wald erhoben.

Trotz des Gewitters in der vergangenen Nacht würde es wohl nicht mehr lange dauern, bis sich die Herbstsonne ihren Weg gebahnt hatte. Goldfarben glitzernd reckten sich bereits einige der Baumwipfel dem Himmel entgegen.

Harry dachte einen Moment lang darüber nach, wann er wohl das letzte Mal so bewusst einen Sonnenaufgang beobachtet hatte.

Er fand es einfach nur schön, sich dieses Naturschauspiel anzusehen. Seufzend stellte er fest, dass ihm das Leben anscheinend wieder einmal seine schönsten Seiten vorenthalten würde. Er ließ die vergangenen Tage vor seinem geistigen Auge Revue passieren.

Nachdem er vor zwei Tagen aus der Justizvollzugsanstalt Niederschönenfeld entlassen worden war, hatte er zunächst den ihm zugewiesenen Bewährungshelfer aufgesucht.

Drei Jahre wurden ihm damals aufgebrummt. Dass das Strafmaß nicht höher ausfiel hatte Harry nur dem Umstand zu verdanken, dass er sich bis zu diesem Zeitpunkt noch nichts hatte zu Schulden kommen lassen.

Als er damals keinen anderen Ausweg aus seiner finanziellen Misere gesehen hatte, reifte nach und nach der Entschluss in ihm, diesen Raubüberfall zu begehen.

Dass er sich dazu zunächst eine gehörige Portion Mut antrinken musste, wurde ihm letztendlich zum Verhängnis.

Der Überfall selbst war fast perfekt gelaufen. Harry hatte sich den optimalen Zeitpunkt ausgesucht, um seinen Plan in die Tat umzusetzen.

Er hatte herausgefunden, dass in einer der ortsansässigen Banken ein größerer Geldbetrag deponiert worden war. Es ging um irgendwelche Grundstücksverkäufe, bei denen der Eigner das Geld in bar ausbezahlt haben wollte.

Keiner wusste so ganz genau wer der Interessent war. Manche spekulierten, dass wohl eine Reihe von Geschäftsmännern dahinterstecken könnte.

Für Harry war das zu diesem Zeitpunkt eher zweitrangig. Er hatte die Geschichte in seiner Stammkneipe mitbekommen, denn das Thema war an jenem Abend wieder mal Tischgespräch.

Schließlich hatte nicht jeder die Möglichkeit,

einmal eine dreiviertel Million in bar in den Händen zu halten.

Mit dieser Summe hätte ich auf einen Schlag alle Sorgen los, hatte sich einer am Tisch geäußert.

Nicht nur du, hatte sich auch Harry Zeller in diesem Moment gedacht. *Aber anstatt nur dumm daher zu reden, werde ich mir die Kohle schnappen.*

Einen Plan hatte er sich dann auch schon relativ schnell zurechtgelegt und hielt sich während der nächsten Tage fast ausschließlich in Sichtweite der Bank auf.

Harry deckte sich in seinem Wagen mit einigen Snacks, Getränken und ausreichend Zigaretten ein.

Da der Name des betreffenden Grundstückbesitzers mehrmals genannt wurde wusste er schon, wie er vorgehen würde. Er kannte dessen Adresse, und konnte sich somit den Heimweg des Mannes ausmalen.

Nachdem er diesen schließlich kurz vor Öffnung der Bank mit einer Ledertasche den Seiteneingang des Gebäudes betreten sah, stieg Harry in seinen Wagen und wartete am Straßenrand vor der Ampelkreuzung in Richtung Stadtausgang auf das Objekt seiner Begierde.

Als er das Fahrzeug des Mannes schließlich kurz darauf im Rückspiegel näher kommen sah bemerkte Harry, dass die Ampel soeben von Rot auf Grün umschaltete.

Mist dachte er sich, *was jetzt?*

Ohne lange zu überlegen trat er das Gaspedal bis zum Anschlag durch und scherte mit seinem Wagen in die Straße ein.

Durch das plötzliche Auftauchen des Autos vor ihm war der nachfolgende Fahrer gezwungen, seinen Wagen abrupt abzubremsen und dadurch einen Auffahrunfall zu vermeiden.

Harry Zeller sprang aus seinem Fahrzeug und lief die wenigen Meter zurück.

Er riss die Tür des Autos auf und zerrte den vor Schreck erstarrten Fahrer gnadenlos auf die zu diesem Zeitpunkt wenig befahrene Straße. Zufrieden grinsend sah er auf dem Rücksitz die Tasche, welche wohl das Bargeld enthalten musste.

Es war so einfach, dass Harry es beinahe schon gar nicht glauben konnte. Vom Alkohol benebelt zwängte er sich so schnell als möglich hinter das Steuer des Fahrzeugs, trat das Gaspedal bis zum Anschlag durch, und suchte mit durchdrehenden Reifen das Weite.

Den Umstand, dass er sein eigenes Auto mitten auf der Straße zurück ließ, registrierte er in diesem Augenblick seiner Euphorie gar nicht mehr.

Dass zum gleichen Zeitpunkt eine Zivilstreife unterwegs war, die ursprünglich auf der Bundesstraße 16 eine Geschwindigkeitskontrolle durchführen wollte, konnte Harry Zeller nicht wissen.

Die beiden Beamten, die durch Zufall das ganze Geschehen verfolgen konnten, reagierten umgehend.

Der Beifahrer öffnete das Seitenfenster und befestigte das Blaulicht auf dem Dach, während sein Kollege am Steuer sofort die Verfolgung des davon rasenden Autos aufnahm

Harry Zeller jagte mit halsbrecherischer Geschwindigkeit die Bahnhofsstraße hinunter.

Ursprünglich hatte er sich ja vorgenommen in Richtung Marxheim zu fahren, um sich an den Donauauen in Ruhe seiner Beute widmen zu können. Anschließend wollte er den Koffer im Wasser des Flusses verschwinden lassen.

Den Wagen seines Opfers hätte er in den umliegenden Wäldern abgestellt. Es würde wohl eine ganze Zeit lang dauern, bis man ihn dort gefunden hätte. Zeit genug, um die Spuren zu verwischen.

Als er jedoch mit einem Mal im Rückspiegel das Blaulicht auf dem Dach eines ihm folgenden BMW entdeckte, schlug seine anfängliche Selbstsicherheit in plötzliche Panik um.

Harry Zeller reagierte hektisch fluchend auf diese von ihm nicht eingeplante Situation. Entgegen seines ersten Vorhabens entschloss er sich nun dazu, seine Flucht in Richtung Preußenallee fortzusetzen.

An der Kreuzung Bahnhofsstraße/Feldheimer Straße machten ihm dabei schließlich seine Nervosität und der Alkoholpegel einen Strich durch die Rechnung.

Ohne die Geschwindigkeit des Wagens zu drosseln riss er das Steuer nach links, wodurch das Auto sofort ins Schleudern geriet.

Ehe sich Harry Zeller versah, rammte er den Bordstein der Verkehrsinsel. Durch den Aufprall wurde der Wagen zurückgeschleudert und knallte an die Mauer des gegenüber liegenden Grundstücks.

Das Nächste, das Harry wieder einigermaßen bei Sinnen wahrnahm, war das Klicken von Handschellen, die sich um seine Handgelenke schlossen.

Er fühlte einen Schmerz an seiner Schläfe, vernahm aus der Ferne das Geräusch eines Martinshorns, Sekundenbruchteile später … nichts mehr. Harry Zeller fiel in ein dunkles Loch.

Nachdem er langsam wieder aus seinem Dämmerzustand erwachte, wurde er gerade von zwei Sanitätern auf einer fahrbaren Liege aus dem Krankenwagen geholt.

Harry hatte Mühe seine Augen offen zu halten, da ihm das Licht wie Nadelstiche in sein Gehirn fuhr. Er atmete einige Male tief durch und versuchte dabei irgendwie einen klaren Gedanken zu fassen.

Innerhalb weniger Augenblicke zogen die Geschehnisse der letzten Stunden an Harry's geistigem Auge vorbei und Panik stieg in ihm auf.

Er fasste kurzerhand den Entschluss abzuhauen, versuchte sich blitzschnell aufzurichten. Allerdings musste er sofort feststellen, dass er mit zwei Gurten an der Trage festgeschnallt war.

Wieder raste ein hämmernder Schmerz durch seine Gehirnwindungen, entlockte ihm ein quälendes Stöhnen und raubte ihm den Rest seiner Kräfte. Resignierend schloss Harry die Augen und ließ sich wieder auf die Trage zurücksinken.

Stimmen holten ihn in die Wirklichkeit zurück, er blickte in die Gesichter zweier Polizeibeamter.

„Bleiben sie liegen, man wird sich gleich um sie kümmern", vernahm er die Stimme aus dem Munde eines der Uniformierten.

„Und keine Angst, wir werden auf sie aufpassen bis sie wieder gesund sind, Herr Zeller."

Scheiße… war dessen einziger Gedanke, denn zu

mehr war er in diesem Moment nicht fähig.

*

Harry Zeller zuckte zusammen, als er einen brennenden Schmerz an seinen Fingern verspürte. Er blickte auf den glühenden Zigarettenstummel in seiner Hand, öffnete erneut das Fenster und schmiss die Kippe nach draußen.

Mehr als zwei Jahre war das Ganze jetzt her. Drei Jahre hatte ihm der Richter ursprünglich aufgebrummt, die Harry bis vor kurzem noch in der Justizvollzugsanstalt in Niederschönenfeld abgesessen hatte.

Da er sich jedoch nicht vorgenommen hatte diese Zeit komplett hinter Gittern zu verbringen, benahm er sich dementsprechend, sodass ihm die letzten Monate auf Bewährung erlassen worden waren.

Als ehemaliger Knacki in der heutigen Gesellschaft wieder Fuß zu fassen war jedoch alles andere als einfach.

Da Harry Zeller nicht gerade eben mit Geduld gesegnet war, gab es für ihn nur einen Weg, um sich möglichst schnell wieder zu integrieren:

Er brauchte Geld, und dies möglichst ohne allzu lange Wartezeit und körperlicher Anstrengung.

Einen einträglichen Job zu finden war auf Grund seiner jüngsten Vergangenheit wohl eher ein utopisches Vorhaben. So blieb ihm nur seine einzige direkte Verwandte als Anlaufstelle: seine Großmutter!

Nachdem seine Eltern schon vor Jahren verstorben waren, war er bei ihr aufgewachsen.

Da sie scheinbar über ein ausreichendes Vermögen verfügte, fehlte es Harry an Nichts. Er musste sich nie um irgendetwas besonders bemühen. Oma hatte stets dafür gesorgt, dass es ihm gut ging.

Erna Gebinger sprach nie mit ihrem Enkel darüber wie sie zu ihrem Geld gekommen war. Für Harry spielte das auch nur eine untergeordnete Rolle. Wichtig war für ihn nur, dass er ausreichend davon profitierte.

Er lernte schnell, sich den angenehmen Seiten des Lebens zu widmen. Seine Ausbildung zum Installateur hatte er lediglich mit einem durchschnittlichen Abschluss beendet, da er diese Zeit immer nur als ein „Muss“ betrachtet hatte, um sich das Wohlwollen seiner Großmutter zu erhalten.

Er sah zu keinem Zeitpunkt ein, dass er sich für ein paar lächerliche Kröten den Buckel krumm schuften sollte, wenn er zu Hause doch ein wesentlich angenehmeres Leben führen konnte.

Zudem redete er sich immer wieder ein, dass er gegenüber Gleichaltrigen sowieso nur ungerecht vom Leben behandelt wurde.

Irgendwann jedoch, nachdem Harry sein zwanzigstes Lebensjahr erreicht hatte, wurde er von Erna Gebinger kräftig ins Gebet genommen.

Du kannst nicht dein ganzes Leben lang auf der faulen Haut liegen, Harry. So hatte sie ihm eines Tages wieder einmal die Moral des Anstandes unterbreitet. *Irgendwann muss jeder auf seinen eigenen Füßen stehen. Mein Erspartes reicht nicht ewig für uns beide, außerdem möchte ich selbst auch gerne noch ein paar angenehme Jahre verbringen.*

Dass diese Zeit gestern Abend ausgerechnet an ihrem Geburtstag ablaufen sollte, damit hatte sie sicherlich nicht gerechnet.

Harry war angesichts der Tatsache, dass er nun gänzlich ohne Verwandtschaft leben musste, nicht einmal sonderlich traurig.

Schließlich würde er seine Großmutter beerben, auch wenn er nicht wusste, wie groß dieses Erbe letztendlich ausfallen würde.

Doch selbst wenn nach deren Ableben nicht mehr allzu viel Bares vorhanden sein sollte, so bliebe ihm doch immerhin noch das Haus.

Für ihn alleine wäre es zu groß, sodass er in Gedanken schon den Verkauf in Erwägung zog. Eine kleine Wohnung würde ihm durchaus reichen, und mit dem Rest könnte er sicherlich eine ganze Zeit lang über die Runden kommen.

Er hätte auch die Möglichkeit, wieder aus diesem winzigen Zimmer herauszukommen, in welchem er seit seiner vorzeitigen Entlassung hauste.

Beim Gedanken an das mögliche Erbe seiner Großmutter fiel ihm mit einem Mal auch ihr Hobby ein.

Mit diesem konnte sich Harry nie so richtig anfreunden, verschlangen diese Vögel doch eine ganze Menge an Zeit, Aufmerksamkeit und nicht zuletzt auch Bares, das möglicherweise ihm zugutegekommen wäre.

Aber egal, dachte Harry bei sich. *Hierfür eine Lösung zu finden wäre wohl das kleinste Problem.*

Da hatte er zunächst einmal ein ganz anderes zu lösen: Er musste der Polizei glaubhaft nachweisen, dass er nichts mit dem Tod von Erna Gebinger zu tun hatte.

Angesichts der Vorfälle aus der vergangenen Nacht war dies sicherlich kein leichtes Unterfangen, doch er hatte dank seiner Beobachtung ja noch einen nicht unerheblichen Trumpf in der Hinterhand.

Diesen galt es jetzt nur noch gut überlegt auszuspielen.

Dass er sich dabei möglicherweise auf sehr dünnes Eis begeben würde, darüber war sich der auf Bewährung entlassene Harry Zeller völlig im Klaren.

Aber die Aussichten auf eine bessere Zukunft als die jetzige zerstreuten seine Zweifel schnell.

4. Kapitel

Als Kommissar Christian Frei den Anruf aus Augsburg erhielt, glaubte er zunächst, seinen Ohren nicht zu trauen.

Was er soeben aus dem Hörer vernommen hatte, ließ seinen Adrenalinspiegel augenblicklich in die Höhe schnellen. Mit hektischem Blick suchte er den Augenkontakt zu seinem Kollegen, der in diesem Augenblick gerade einige Schriftstücke sortierte.

Mit ein paar eindeutigen Handbewegungen signalisierte Frei, dass sie einen akuten Einsatz vor sich hatten. Der Beamte verstand sofort, schnellte von seinem Stuhl hinter dem Schreibtisch hoch, griff sich den Schlüssel des Einsatzwagens aus dem offenstehenden Schlüsselkasten, und setzte sich seine Dienstmütze auf.

Im Laufschritt eilte er vor Christian Frei aus dem Büro, direkt durch den Flur in Richtung der Ausgangstüre zum Innenhof.

„Was ist denn passiert?", wollte er wissen.

„Beeil dich", rief Frei. „Volles Programm."

Dabei deutete er seinem Kollegen mit dem Zeigefinger quer zum Hals mehrere Male von links nach rechts an, dass Eile geboten war.

„Ach du grüne Neune", gab dieser erschrocken zurück. „Wo denn?"

„Raus zum Kraftwerk", antwortete Frei, als er auf dem Beifahrersitz Platz nahm.

Das stählerne Tor auf der Rückseite des Polizeigebäudes, dessen Ausfahrt in die schmale Brachetstraße mündete, stand bereits offen.

Mit aufheulendem Motor verließ das Einsatzfahrzeug den Hof. Der einsetzende Lärm des Martinshornes hallte ohrenbetäubend an diesem Samstagvormittag durch die schmalen Gassen rings um den Rainer Kirchplatz.

Christian Frei griff zum Telefon um ihren Einsatz an die Zentrale durchzugeben, gleichzeitig forderte er auch einen Notarztwagen an.

Nachdem die beiden Polizeibeamten die verkehrsberuhigte Zone der Spitalgasse hinter sich gelassen hatten, bogen sie mit quietschenden Reifen in die Hauptstraße ein, durchquerten unmittelbar dahinter das Stadttor, und jagten stadtauswärts.

Keine zehn Minuten waren seit dem Anruf des Kollegen aus Augsburg vergangen, bis der Polizeiwagen das Lechkraftwerk erreicht hatte.

Als Kommissar Frei aus dem Auto stieg, glaubte er seinen Augen nicht zu trauen. Mit winkenden Armen kam ihm ein Junge entgegen, den er sofort als seinen eigenen Sohn erkannte.

„Klaus?“, rief er fragend. „Was zum Kuckuck machst du hier draußen?“

„Wir waren in unserem Lager, Papa“, kam die etwas atemlose Antwort des Jungen. „Als wir dann drüben am Ufer waren, da haben wir die Frau im Wasser entdeckt.“

Noch ganz außer Atem deutete Klaus Frei mit seiner rechten Hand auf die andere Seite des Lechs, als er vor seinem Vater stand. Dieser sah ihn noch immer etwas überrascht an, als er wissen wollte:

„Mit wem bist du denn hier draußen? Und wer

hat die Polizei verständigt?“

„Ich bin mit Uli und Markus heute Früh hier rausgefahren. Wir haben doch auf der anderen Seite im Wald unser Lager aufgebaut. Und die Polizei hat der Hauptkommissar gerufen.“

Christian Frei glaubte sich im ersten Moment verhört zu haben. Mit zügigen Schritten ging er gefolgt von seinem Kollegen in Richtung der Stahltüre, die zur Treppe auf den Laufsteg über den Lech führte.

„Der Hauptkommissar? Welcher Hauptkommissar denn bitte, Klaus?“

In diesem Moment sah Christian Frei einen zweiten Jungen hastig um die Ecke kommen.

„Beeilung“, rief er. „Ich glaube, der kann die Frau nicht mehr lange halten.“

Die beiden Polizisten sahen sich einen Augenblick ungläubig an, spurteten dann jedoch los. Klaus Frei und sein Spielkamerad hefteten sich den beiden sofort an die Fersen.

Als sie sich auf dem Weg über den Lech befanden, erkannte der Polizeibeamte einen Erwachsenen sowie einen weiteren Jungen auf der anderen Seite. Mit einem Ast versuchte der Mann scheinbar etwas im Wasser zu halten, bzw. ans Ufer zu ziehen.

Als die Beamten kurz darauf die Stelle erreicht hatten, wollte Frei zu einer Äußerung ansetzen. Markowitsch jedoch fiel ihm sogleich ins Wort.

„Später, meine Herren. Helfen sie mir bitte zuerst einmal die Frau ans Ufer zu ziehen, bevor sie die Strömung mitnimmt.“

Christian Frei kniete sich sofort nieder, streckte

eine Hand seinem hinter ihm stehenden Kollegen entgegen, welche dieser auch sofort festhielt.

Mit vereinten Kräften gelang es den drei Männern schließlich, den Leichnam der Frau auf die Böschung zu ziehen.

Langsam erhoben sich die drei Männer. Mit dem Gesicht nach unten lag die Tote zu ihren Füßen.

Robert Markowitsch war angesichts des unerwarteten Frühsports etwas außer Atem. Nachdem er einen Moment Luft geholt hatte, griff er in die Innentasche seines Mantels und zog seinen Dienstausweis hervor.

„Robert Markowitsch, Hauptkommissar, Kripo Augsburg“, stellte er sich schließlich den beiden Kollegen vor.

„Kriminalpolizei?“, fragte Christian Frei etwas verwundert. „Ist das hier ein Zufall, dass sie …?“

„Ja“, unterbrach ihn Markowitsch, „es ist wirklich nur ein Zufall, dass ich ausgerechnet heute hier bin.“

Der Beamte aus Rain tippte sich mit dem rechten Zeigefinger an seine Dienstmütze.

„Kommissar Christian Frei“, sagte er zu seinem Gegenüber. „Mein Kollege Stefan Schmidt“, deutete er anschließend mit der Hand auf den Mann neben ihm. „Was führt sie denn hierher, Herr Markowitsch?“

„Rein privat“, kam die Antwort aus dessen Mund. „Eigentlich wollte ich nur bei einem Wochenendspaziergang die Herbstsonne genießen.

Aber scheinbar hat irgendjemand was dagegen. Ich habe bereits einen Kollegen verständigt, er müsste auch demnächst hier mit dem Rest der Mannschaft eintreffen."

Robert Markowitsch sah auf die drei Jugendlichen, die dieser Situation scheinbar etwas verwirrt gegenüber standen. Er sah sie aufgeregt miteinander tuscheln und meinte schließlich zu Stefan Schmidt.

„Bitte sorgen sie mir dafür, dass die Jungs von hier weg gebracht werden. Ich denke, dass sie fürs erste einmal Abenteuer genug hatten an diesem Wochenende.

Nehmen sie bitte ihre Aussagen zu Protokoll und schicken sie mir diese anschließend in mein Büro."

Er reichte dem Beamten seine Visitenkarte. Stefan Schmidt steckte diese in seine Tasche, bevor er sich mit den drei Burschen auf den Weg machte. Markowitsch wandte sich schließlich wieder Christian Frei zu, der trotz der angespannten Situation etwas lächelnd meinte:

„Sie wollen die Protokolle tatsächlich in Papierform auf Ihrem Schreibtisch? Normalerweise legen wir den ganzen Vorgang soweit es möglich ist als elektronischen Akt im zentralen Netzwerk an. Darauf sollten sie problemlos Zugriff erhalten."

Der Augsburger Hauptkommissar seufzte leise.

„Ach wissen sie, Herr Frei, mit der digitalen Welt konnte ich mich noch nie so richtig anfreunden. Zu Beginn meines Berufslebens gab's Notizblock und Bleistift. Damit konnte ich meine Gedanken immer dann festhalten, wenn sie mir durch den Kopf gingen."

„Aber das können sie doch heute genauso, Herr Markowitsch", antwortete Christian Frei. „So gut wie jedes Smartphone hat eine Aufnahmefunktion wie ein Diktiergerät.

Mit einer entsprechend gesicherten Verbindung können sie das ganze sogar direkt ins Netzwerk hochladen.

Also ich finde das äußerst komfortabel. Außerdem erspart es uns eine Menge an Mehrarbeit. Ich kenne kaum Kollegen, die das noch missen möchten."

„Schon gut", gab Markowitsch abwinkend klein bei. „Sie reden genauso schlau daher wie mein Kollege Neumann. Manchmal glaube ich, es wird langsam Zeit in Pension zu gehen."

Der Rainer Beamte hob entschuldigend die Hand.

„Das wollte ich jetzt aber in keiner Weise andeuten, Herr Hauptkommissar. Fassen sie das bitte nicht als persönliche Kritik auf."

„Vergessen sie's", winkte Markowitsch ab. „Ich denke wir sollten uns wieder auf die aktuelle Sachlage konzentrieren.

Allerdings bin ich der Meinung, dass wir die ersten Erkenntnisse der Spurensicherung abwarten sollten, um danach über das weitere Vorgehen zu entscheiden."

„Wie sie meinen, Herr Hauptkommissar", gab Frei zurück. Er hob den Kopf und lauschte in die Ferne.

„Hört sich so an, als wären die Kollegen gleich hier. Ich werde mal rüber gehen und mich um die Absicherung der Zufahrt kümmern. Nicht, dass wir hier noch unfreiwillige Zuschauer bekommen."

„Tun sie das“, gab Markowitsch zurück. „Wir sprechen uns später.“

Christian Frei ging auf die Treppen des Laufstegs zu, als der Hauptkommissar sich bückte, um den Leichnam der Frau vorsichtig auf den Rücken zu drehen.

„Oh, mein Gott“, war das Erste, das Robert Markowitsch in diesem Augenblick aus dem Mund kam.

Etwas angewidert wandte er angesichts der Situation zunächst seinen Kopf in die Richtung des Rainer Kollegen ab.

Dieser hatte den Ausruf des Hauptkommissars vernommen, drehte sich um und erkannte dabei den Schrecken in dessen Gesicht.

Mit wenigen Schritten kam er zu Robert Markowitsch zurück.

Christian Freis Blick traf das Gesicht der am Boden liegenden Toten.

Markowitsch erkannte, dass der Kollege beim Anblick der Frau mit einem leichten Würgereiz zu kämpfen schien.

„Widerlich“, war das Einzige, das der Polizist in diesem Moment heraus brachte.

„Da kann ich ihnen nur beipflichten, Herr Frei. Was muss in einem Menschen vorgehen, dass er zu so etwas fähig ist?“

Er deutete mit ausgestreckter Hand auf das vor Schreck verzerrte Gesicht der Toten, in deren weit aufgerissenem Mund die Überreste eines Vogels herausragten.

Kommissar Frei zuckte als Antwort nur hilflos

mit den Schultern.

Trotz des bizarren Anblicks ging Markowitsch erneut in die Hocke und untersuchte die Taschen des Mantels, konnte aber keinerlei Hinweise entdecken, durch welche er auf die Identität der Toten schließen konnte.

„Sie kennen die Frau nicht zufälligerweise?“, richtete er seine nächste Frage an den noch immer geschockten Christian Frei.

Dieser überlegte einen Moment.

„Könnte sein, ja. Nur der Name fällt mir momentan nicht ein. Aber geben sie mir einen Augenblick. Ich werde mich kurz mit meinem Kollegen unterhalten.“

Markowitsch bemerkte die etwas fahle Gesichtsfarbe des Kollegen.

„Alles in Ordnung mit ihnen? Sie sehen nicht jeden Tag eine Leiche, nehme ich an?“.

„Nein“, gab Christian Frei zurück. „Und schon gar keine in einem solchen Zustand.“

„Kann ich mir denken“, gab Markowitsch zurück. „Ich habe zwar schon so manchen leblosen Körper zu meinen Füßen liegen sehen, so etwas wie hier gehört allerdings auch nicht gerade zu meinem Alltag.

„Erstickt oder ertrunken?“, murmelte der Beamte aus Rain leise vor sich hin.

„Wie bitte?“, fragte Markowitsch nach, der die Äußerung nicht richtig verstanden hatte.

„Glauben sie, dass sie schon tot war, als sie ins Wasser fiel?“, meinte Frei nun etwas deutlicher.

„Vermutlich ja“, meinte Markowitsch nach einem Moment des Überlegens.

„Sagen wir mal so: meine Erfahrung lässt in mir keinen anderen Schluss zu.“

„Erfahrung?“, meinte Frei. „Welcher Abteilung gehören sie denn an?“

„Mordkommission“, vernahm er die Antwort aus dem Mund des Hauptkommissars.

„Aber ich würde vorschlagen, dass wir die weiteren Schritte meinen Kollegen von der KTU überlassen.“

Christian Frei kratzte sich hinter dem Ohr.

„Mordkommission“, murmelte er vor sich hin. „Da scheint sich ja was anzubahnen.“

Der Rainer Kommissar zog ein Smartphone aus der Tasche und machte damit ein Foto der Leiche.

„Werde ich dem Kollegen zeigen“, meinte er zu Markowitsch. „Vielleicht kommt er schneller als ich auf den Namen.“

Mit diesen Worten machte er kehrt und begab sich nun endgültig auf den Weg hinüber zur anderen Seite.

Robert Markowitsch sah auf seine Uhr.

Das war's dann wohl endgültig mit dem gemütlichen Wochenendausflug dachte er bei sich.

Mit einigen vorsichtigen Schritten in die nähere Umgebung versuchte er festzustellen, ob sich eventuell Spuren finden ließen. Minutenlang suchte er nach irgendwelchen Anhaltspunkten, musste dabei jedoch letztendlich feststellen, dass er diese Arbeit wohl besser dem Team der SpuSi überließ.

Er war sich ziemlich klar darüber, dass die Frau nicht hier in unmittelbarer Nähe in den Lech geraten war. Und, dass sie nicht selbst ins Wasser gesprungen ist, daran gab es wohl nicht den geringsten Zweifel.

Als er schließlich auf der anderen Seite des Flusses die sich von der Kraftwerkstraße nähernden Fahrzeuge wahrnahm, machte er sich selbst auch auf den Weg hinüber.

5. Kapitel

Erna Gebinger sah aus ihrer Zeitschrift auf, als sie das krächzende *Errrna* vernahm. Sie rückte sich ihre Lesebrille etwas zurecht und sah mit einem sanften Lächeln in Richtung der großen Vogelvoliere, die in der Ecke ihres Wohnzimmers aufgestellt war.

Diese hatte sie mit viel Aufwand so gestaltet und mit allerlei Zubehör ausgestattet, dass sich ihre beiden Lieblinge mehr als wohlfühlen konnten.

Ein isolierter, doppelter Boden, ein kleines, verspieltes Häuschen als Unterschlupf, sowie einen großen Ast mit Blättern, den sie von Zeit zu Zeit erneuerte.

Ernas Blick fiel auch auf die Kuckucksuhr, die nicht weit daneben an der Wand hing.

„Ich weiß, meine Lieben“, sprach sie mit sanfter Stimme. „Zeit für euer Futter, nicht wahr?“

Sie erhob sich aus ihrem Couchsessel, und ging an den kleinen Beistellkasten, der neben dem fast deckenhohen Käfig stand. Sie holte eine Plastikbox heraus, in der sich das Trockenfutter für ihre beiden Lieblinge befand.

Nachdem sie eine entsprechende Menge davon in den Futternapf gegeben hatte, mischte sie noch etwas frisches Obst dazu.

Errrna krächzte es wieder aus dem Käfig.

Die alte Dame lächelte, als sie spielerisch schimpfend den Zeigefinger hob.

„Langsam fressen, meine Lieben. Ihr wollt doch

keine Magenschmerzen bekommen, oder?“

Sie tippte mit den Fingern an die Stäbe des Vogelkäfigs und versuchte so, die beiden Beos anzulocken. Diese zeigten sich jedoch unbeeindruckt von ihrem Versuch.

Trotzdem war Erna Gebinger mit dem was sie bei ihren beiden Lieblingen bisher erreicht hatte, sehr zufrieden. Den Vögeln das Sprechen beizubringen, mit ihnen auf jegliche Art zu kommunizieren, das war in den letzten Jahren zu ihrem Lebensinhalt geworden.

Außerdem war dieser Tag ja noch jung, es blieb also noch genügend Zeit für heute. Sie ging zu dem kleinen Wandkalender und riss das Blatt vom gestrigen Donnerstag ab.

Ach je, dachte sie bei sich, als sie das Datum wahrnahm. *Schon wieder ein Jahr vorbei?*

Ihren Geburtstag feierte sie seit langem nicht mehr. So ganz alleine machte es eben keinen Spaß.

Trotz ihres Alters von nun 75 Jahren fühlte sie sich körperlich sehr wohl, wobei sie ihr großes Hobby, die Arbeit mit ihren gefiederten Freunden auch geistig fit hielt.

Sie hatte in den langen Jahren ihres Lebens schon so manches Vögelchen erzogen, wie sie es immer nannte. Schon als Kind hatte sie sich für die kleinen Tiere interessiert.

Damals, kurz nach dem zweiten Weltkrieg, gab es natürlich noch keine Möglichkeit, irgendwie an exotische Vögel zu kommen.

Erna Gebinger hatte als kleines Mädchen ein Kanarienpärchen geschenkt bekommen. Es dauerte nicht allzu lange, bis sie eines der beiden Tierchen dazu gebracht hatte, ein paar einzelne Worte nachzuahmen. Nur zwei oder drei waren es damals gewesen.

Wenn auch alle anderen in Ernas Umfeld der Meinung waren, dass es sich nur um unverständliches Gezwitscher handelte, Erna freute sich darüber.

Als sie schließlich 1954 ihren Mann geheiratet hatte, war sie schon fast perfekt darin gewesen, den Vögeln die verschiedensten Töne zu entlocken. Sie dokumentierte ihre Leidenschaft bis dahin stets auf Papier.

Franz Gebinger, der um einige Jahre älter war als sie selbst, hatte aus seiner Militärzeit noch ein altes Tonbandgerät zurück behalten.

Dies hatte er nach seiner Tätigkeit bei einer Fernmeldeeinheit nach der Kapitulation einfach mitgenommen. Man wusste zu diesem Zeitpunkt ja nie, was man eines Tages noch alles zu Geld machen könnte. So jedenfalls hatte er es seiner Erna erzählt.

Diese fing irgendwann einmal damit an, das Tonbandgerät für ihre Aufzeichnungen zu benutzen.

Nicht nur, dass sie die Fortschritte ihrer Bemühungen auf Band sprach, nein, sie stand auch so manches Mal vor dem Vogelkäfig, um mit dem Mikrofon ihre Unterhaltung mit den Tieren aufzuzeichnen.

Franz Gebinger stellte ihr dafür die Bänder zur Verfügung, die er mitsamt dem Tonband einst beiseite geschafft hatte. Es waren sicherlich an die fünfzig Stück, die er zusammen mit dem Gerät vor dem Zugriff der Militärmachthaber versteckt hatte.

Erna wunderte sich manchmal darüber, dass ihr Franz nie den Versuch unternommen hatte, die Sachen zu verkaufen.

Überhaupt schienen sie gegenüber anderen kaum Geldsorgen zu haben.

Sie war so erzogen worden, dass sie ihren Mann nicht ein einziges Mal danach fragte, womit genau er das Geld verdiente, das sie beide zum täglichen Leben brauchten.

Franz Gebinger nannte sich nach Kriegsende ganz einfach Händler. Er trug alles zusammen, was sich seiner Meinung nach einigermaßen zu Geld machen ließ.

Aus der Zeit nach der deutschen Kapitulation hatte er noch so manche Kontakte, die er augenscheinlich nun doch sehr erfolgreich für sich zu nutzen schien.

Manchmal war er einige Tage am Stück unterwegs, um schließlich irgendwann wieder mit einer stattlichen Summe Bargeld aufzutauchen.

So konnten sie sich letztendlich auch ein kleines Häuschen am westlichen Stadtrand von Rain leisten.

Für beide war das Familienglück perfekt, als 1960 ihre Tochter Johanna geboren wurde.

Voller Wehmut dachte Erna an die Zeit zurück. Die Jahre des Familienglücks, dann an 1986, als Hanna ihren Freund Werner Zeller geheiratet hatte und drei Jahre später ihr Enkel Harald zur Welt kam.

Erna Gebinger wurde das Herz nochmals etwas schwerer, als sie an *ihren Harry* dachte.

Der Junge war gerade mal 4 Jahre alt gewesen, als seine Eltern bei einem tragischen Verkehrsunfall ums Leben kamen. Seitdem wuchs er ausschließlich bei ihr auf.

Sie war sozusagen eine alleinerziehende Großmutter, denn auch ihr Mann Franz war nicht mehr am Leben.

Um seinen Tod jedoch rankten sich jahrelang die unterschiedlichsten Gerüchte. Die einen sprachen von Selbstmord, die anderen von den undurchschaubaren Geschäften Franz Gebingers, denen er wohl letztendlich zum Opfer fiel.

Man fand ihn eines Tages leblos in seinem Auto, mit dem er scheinbar aus einer Kurve einen Abhang hinunter gestürzt war.

Bis vor einigen Jahren herrschte in Erna Gebinger noch tiefste Ahnungslosigkeit über die Umstände, unter denen ihr Mann tatsächlich ums Leben gekommen war.

Es war die Zeit, als ihr Enkel mitten in der Ausbildung steckte. Bis dahin hatten das Ersparte ihres Mannes und die Rente mehr als gereicht.

Auch die Lebensversicherung ihrer Tochter und die ihres Schwiegersohnes hatten dazu beigetragen, dass ihr Auskommen und die Ausbildung ihres Enkels gesichert waren.

Die Ansprüche des jungen Mannes wurden mit den Jahren allerdings zunehmend größer.

Ein neues Fahrrad, der erste Führerschein, Ausgehen mit Freunden usw. Eben alle Dinge, die ein jugendliches Leben in deren Augen erst so richtig angenehm machten.

Erna Gebinger hatte sich geschworen, dass es ihrem Enkel an nichts fehlen sollte. Sie wollte ihm den Start ins Erwachsenendasein so einfach wie möglich gestalten.

Doch als das Konto der alten Dame langsam aber sicher die Grenzen des Machbaren aufzeigte, da wurden die Sorgefalten auf ihrer Stirn schon mal etwas tiefer.

Und so erinnerte sich Erna eines Tages an verschiedene Dinge, die sich noch aus der Zeit ihrer Ehe mit ihrem Franz angesammelt hatten.

Sie selbst hielt diese zwar immer als Erinnerungsstücke zurück, dachte sich allerdings irgendwann: *Was soll ich mit dem vielen Zeug in meinem Alter noch anfangen? Es weiter vererben?*

Ihr Enkel Harry hatte für so etwas kein Gespür. Dessen war sie sich bewusst. Im modernen Zeitalter aufgewachsen, sah er alles von früher als altmodisch und wertlos an. Er würde es wohl irgendwo billig verhökern.

Doch Erna Gebinger wusste, dass es durchaus Liebhaber gab, die für gewisse Dinge aus der Vergangenheit gutes Geld bezahlen würden. Und ihr Franz hatte als Händler so manches Schmuckstück zusammengetragen, von denen sie nun doch nur noch einige ausgesuchte für sich selbst behalten wollte.

So stöberte sie eines Tages auf dem Dachboden in den alten Kisten aus der Vergangenheit. Verschiedene Kleinteile aus Zeiten des zweiten Weltkriegs würden sicherlich ihre Abnehmer finden.

Auch diverse Haushaltsgegenstände von anno dazumal waren in gewissen Kreisen begehrte Sammlerobjekte.

Als Erna Gebinger tief in einer der Holzkisten ihres Mannes schließlich eine schon etwas verwitterte Metallbox hervor holte und diese öffnete, kam ein altes Tonband zum Vorschein.

Es war eines jener Bänder die sie auch zur Aufzeichnung ihrer Vogelstimmen benutzte.

Sie legte es zur Seite, um es später mit in ihrer Sammlung zu verwenden.

Nachdem sie nun die verschiedenen Gegenstände aussortiert hatte die sie zu verkaufen gedachte, nahm sie das Tonband an sich und verließ den Dachboden wieder.

Mit langsamen Schritten stieg sie Stufe für Stufe die Treppe hinab und begab sich ins Wohnzimmer. Sie hatte sich schon früher angewöhnt, die alten Tonbänder ihres Mannes immer zuerst anzuhören, bevor sie diese überspielte.

Meist waren darauf nur irgendwelche Sprachfetzen oder Morsesignale zu hören.

Sicherlich hätte mancher Liebhaber von Militärgegenständen einiges dafür gezahlt, um solche Aufzeichnungen zu besitzen.

Erna Gebinger dachte allerdings auch daran, dass sie möglicherweise in Schwierigkeiten kommen könnte, wenn sich herausstellen würde, dass ihr verstorbener Mann bzw. sie selbst im Besitz dieser Dinge waren.

Also beschloss sie schon zu diesem Zeitpunkt,

diese Sachen nur für sich selbst zu benutzen.

Sie holte also das alte Tonbandgerät hervor und stellte es vor sich auf den Wohnzimmertisch.

Das kofferartige Gehäuse enthielt ein sogenanntes Magnetophon aus dem Jahr 1940. Sorgfältig aufbewahrt und stets gepflegt, tat es erstaunlicherweise noch heute seinen Dienst.

Als Erna Gebinger den Schalter betätigte und sich die Spulen in Bewegung setzten, vernahm sie zunächst nur das gewohnte Rauschen der alten Magnetbänder. Wenige Momente später jedoch trieb es ihr unerwartet die Tränen in ihre Augen.

Sie erkannte die Stimme ihres verstorbenen Mannes. Die alte Dame stoppte das Band.

Zum einen freudig erregt, zum anderen erschrocken über die plötzlich *verbale Gegenwart* von Franz Gebinger erhob sie sich, begab sich hinüber in die Küche, und holte sich eine Flasche Likör und ein Glas dazu.

Nachdem sie wieder am Wohnzimmertisch Platz genommen und sich ein Glas eingeschenkt hatte, startete sie erneut das Tonbandgerät.

Gespannt verfolgte sie das schon beinahe gespenstische Szenario, das sich ihren Ohren bot.

Fünf Tage lang haben wir nun auf höchsten Befehl in allen Familienhäusern und Geschäften, sofern man diese noch als solche bezeichnen kann, alles an Geld, Schmuck und Wertgegenständen beschlagnahmt.

Trotz aller Armut, die zwischenzeitlich herrscht, ist es erstaunlich, was die deutsche Bevölkerung hamstert. Wo in manchem Haushalt nicht mal mehr ein einziger Pfennig zu finden war, lagerten in anderen Familien für die derzeitigen

Verhältnisse scheinbar endlose Reichtümer.

In manchen Häusern konnten wir nur mit Waffengewalt und unter Androhung militärischer Strafmaßnahmen unsere erhaltenen Befehle durchsetzen, die da lauteten: alles an Wertgegenständen zusammentragen, um die benötigten Waffen und die Munition für den Endsieg sicherzustellen.

Dabei glaubt von uns keiner mehr wirklich daran, dass es auch nur die geringste Chance dazu gibt. In unseren Reihen wird erzählt, dass die Sowjets schon vor Berlin stehen.

Wir drei fragen uns, wozu dann das ganze Plündern gut sein soll? Erich und Paul meinten, dass sich wohl nur ein paar hohe Offiziere einen gesicherten Wohlstand gönnen wollen.

Erna Gebinger hielt nachdenklich das Band an. Sie glaubte dem eben Gehörten nicht trauen zu können. Sicherlich hatte sich ihr Franz nur einen Scherz erlaubt, als er das Band besprochen hatte.

Als Angehöriger einer Fernmeldeeinheit hatte er damals doch nichts mit diesen Geschichten zu tun, oder?

Sie wollte um nichts in der Welt den Gedanken zulassen, dass ihr geliebter Mann zu denen gehört hatte, die sich angesichts der zu diesem Zeitpunkt schon abzeichnenden Niederlage gegen die Alliierten noch schnell bereichern wollten.

Nervlich angespannt startete sie erneut das Gerät, lauschte weiter der Stimme ihres toten Mannes, die nach mehrfachem Knacksen und Rauschen wieder erklang.

Diese verdammten Idioten. Die glauben doch nicht etwa, dass wir dies alles zum Spaß machen, oder sie gar zu unserem eigenen Vorteil beklauen?

Selbst das Vorlegen des schriftlichen Befehls hilft da nichts mehr. Keiner in der Bevölkerung glaubt mehr daran, dass wir den Krieg gewinnen könnten.

Gestern hat sich uns eine aufgebrachte Meute in den Weg gestellt. Wir hatten nur die Wahl anzuhalten, oder den ganzen Haufen einfach zu überfahren. Aber zum Nachdenken blieb keine Zeit.

Bis wir einen Entschluss fassen konnten, hatten sie schon die Türen unseres Wagens aufgerissen. Sie zerrten Erich und Paul mit Gewalt heraus und prügelten wie von Sinnen auf die beiden ein. Ich glaube, sie haben sie einfach auf der Straße erschlagen.

Die Stimme von Franz Gebinger schien einen Moment lang zu versagen. Erna glaubte das Grauen heraushören zu können. Sie schluckte schwer, kämpfte mit den Tränen, als sie weiter zuhörte.

Ich hatte in diesem Moment wohl einfach nur Glück, dass sich die aufgebrachte Meute ganz und gar auf meine beiden Kameraden konzentrierte.

Als ich nach wenigen Augenblicken beide nur noch reglos auf dem Boden liegen sah bemerkte ich, dass sich die Leute nach unserem Wagen umdrehten. Todesangst überkam mich in diesem Moment.

Um nicht selbst in die Hände des Mobs zu geraten, habe ich einfach nur Gas gegeben. Was sollte ich sonst auch tun?

Meinen beiden Kameraden konnte wohl niemand mehr helfen. Ich alleine schon gar nicht. Die hätten mich wahrscheinlich auch wie einen räudigen Hund totgeprügelt.

Wieder vernahm Erna Gebinger hörbar das fast weinerliche Schlucken in der auf dem Magnetband aufgezeichneten Stimme.

Ich bin nur noch ohne anzuhalten gefahren, bis mir bei-

nahe der Sprit ausgegangen ist. Es reichte gerade noch, um den Wagen in der Dunkelheit hier in Rain in einem Lagerhaus der Brauerei zu verstecken.

Nicht auszudenken was mit mir passiert, wenn man mich mitsamt der Ladung an Geld und Wertsachen erwischt.

Aber einfach zurückgeben kann ich es auch nicht. Wenn ich denen erklären muss, wie ich zu dem ganzen Zeug gekommen bin, sperren sie mich für den Rest meines Lebens ein.

Ein weiteres Mal war Knacken und Rauschen aus dem Lausprecher zu vernehmen. Ganz so, als hätte der Sprecher eine Pause eingelegt.

Erna Gebinger schenkte sich erneut einen Likör aus der Flasche ein. Sie fragte sich, wozu ihr Franz dies alles auf Band gesprochen hatte.

Wollte er seine Unschuld dokumentieren? Für die Nachwelt erhalten, dass auch er nur ein armseliger Ausführender war, der auf Befehl anderer handeln musste?

Sie konnte es sich nicht erklären. Wieder ertönte die Stimme vom Band.

Ich hab mir inzwischen ein paar Klamotten besorgt, und mich bei den Leuten etwas umgehört. Deutschland hat kapituliert.

Obwohl Goebbels noch vor einigen Tagen vom Endsieg getönt hatte, haben uns die Amerikaner und die Russen jetzt den Garaus gemacht.

Vielleicht auch gut so. Nachdem was war, kann es jetzt wohl nur noch besser werden.

Eine kurze Pause entstand, bevor die Stimme Franz Gebingers weitersprach.

Eigentlich gibt es jetzt keinen Grund mehr, mich zu ver-

stecken. Das Bargeld wird mich erst mal über die Runden bringen. Vielleicht kann ich das andere Zeug irgendwie an den Mann bringen.

Ich weiß zwar, dass dies nicht rechtmäßig ist, aber in der jetzigen Situation ist sich wohl jeder selbst der Nächste.

Den Pkw habe ich verschwinden lassen, alles andere versteckte ich sicher in einem Keller in der Nähe der Brauerei.

Durch Zufall bin ich auf diesen unterirdischen Verbindungsgang gestoßen, als ich mich eines Nachts nach einem geeigneten Versteck für mein Startkapital in ein neues Leben umgesehen habe.

Ja, ich bin inzwischen sogar der Meinung, dass mir dies irgendwie zusteht, nachdem was ich in den letzten Tagen bis zu meinem Untertauchen alles durchgemacht hatte.

Wieder stoppte die alte Dame das Tonband. Ihr Franz, ein Dieb? Nein! Ein Verbrecher in Zeiten des Nationalsozialismus?

Hatte er tatsächlich die Bewohner in Rain und Umgebung unter Gewaltandrohung bestohlen, und somit um ihr Hab und Gut gebracht?

Sicher, zum damaligen Zeitpunkt einen Befehl der Nazis zu verweigern, hätte wahrscheinlich unmittelbar zu seiner eigenen Exekution geführt.

Gewisse Herrschaften sollen ja nicht besonders zimperlich in solchen Dingen gewesen sein, vor allem dann, wenn es um ihr geliebtes Deutsches Reich ging.

Aber nachdem letztendlich feststand, dass dieser Krieg endgültig verloren war, hätte er da nicht sämtliches Bargeld und all die anderen unrechtmäßig angeeigneten Wertgegenstände wieder zurückgeben müssen?

Allerdings wäre er wohl, wie er ja selbst schon vermutet hatte, festgenommen und verurteilt worden.

Erna Gebinger überlegte. Ihrem Mann und seinen Kameraden schien ja gar nichts anderes übrig geblieben zu sein, als ihre erhaltenen Befehle auszuführen, wollten sie nicht ihr eigenes Leben riskieren.

Ja, genau. Es muss einfach so gewesen sein, redete sie sich immer wieder ein.

Dass er die letzten Tage als einziger von ihnen überlebt hatte, dies war wohl nur ein glücklicher Umstand gewesen. Sicher hatte er dabei auch Todesängste ausgestanden, als seine Kameraden ihr Leben lassen mussten.

Da war es doch wohl nur gerecht, dass er seine eigene Haut retten wollte. Er konnte die Sachen unmöglich zurück bringen. Man hätte ihn wohl ebenfalls rücksichtslos umgebracht.

Jawohl, meinte die alte Dame wie zur Bestätigung zu sich selbst. *Jeder von seinen Kameraden hätte wohl genauso gehandelt.*

Erna Gebinger redete sich zum wiederholten Male ein, dass ihr verstorbener Mann angesichts der von ihm geschilderten Situation kein Unrecht begangen hatte.

Schließlich herrschte damals Krieg, ein Ausnahmezustand, und es gab weiß Gott bestimmt Schlimmeres, als mit einer Ladung Wertgegenstände abzuhauen.

Sie weigerte sich vehement, an den Worten ihres verstorbenen Mannes zu zweifeln, hatte er sie doch in ihren Augen niemals wirklich ernsthaft belogen.

Die alte Dame betrachtete die Likörflasche auf dem Tisch vor sich, entschied sich aber dagegen, ihr Glas noch einmal nachzufüllen.

Sie wollte einen klaren Kopf behalten, wenn sie sich nun den Rest des Tonbandes anhören würde.

6. Kapitel

Als Robert Markowitsch auf die in der Zwischenzeit von den Rainer Kollegen errichtete Absperrung zuging, sah er das Einsatzfahrzeug des Notarztes ankommen.

Nur wenige Minuten später erkannte er bereits den Dienstwagen seines Kollegen Peter Neumann, der sich gefolgt von einem Wagen der Spurensicherung, dem Kraftwerk näherte.

Ein weiteres Fahrzeug, eine schwarze Limousine, kam ebenfalls mit Blaulicht und fast schon überhöhter Geschwindigkeit herangefahren.

Als Markowitsch das Auto erkannte, winkte er nur kurz den ankommenden Kollegen zu und gab ihnen dadurch zu verstehen, dass er gleich bei ihnen sein würde.

Der Hauptkommissar hob das Absperrband in die Höhe, schlüpfte darunter hindurch und ging auf das zuletzt angekommene Auto zu.

„Ich sehe, verehrter Herr Oberstaatsanwalt, dass Neumann sie auch ohne meine Anweisung hierher bestellt hat. Seien sie mir gegrüßt“, sprach Markowitsch, indem er Frank Berger seine Hand entgegen streckte.

„Da muss ich sie leider enttäuschen, mein lieber Markowitsch. Ich bin nicht auf Grund eines Telefonanrufes hier.

Entgegen meiner Gewohnheiten hatte ich ausnahmsweise an diesem Samstagvormittag den Polizeifunk eingeschaltet.“

„Diese Idee hatten scheinbar auch andere“, meinte Robert Markowitsch, als er auf ein paar näherkommende Neugierige deutete.

Frank Berger drehte sich kurz um, winkte jedoch nur ab.

„Als ich dabei vom Einsatz der Rainer Kollegen erfahren habe, der übrigens durch einen gewissen Herrn Peter Neumann von der Kripo Augsburg ausgelöst wurde, da dachte ich mir, dass sie in der Regel auch nicht weit sein können.

Denn Neumann ohne Markowitsch, oder auch umgekehrt, das ist doch kaum vorstellbar, oder?“

Frank Berger nahm den angebotenen Handschlag des Kripobeamten entgegen. Anschließend deutete er mit ausgestrecktem Arm einmal über das vor ihnen liegende Areal des Kraftwerks.

„Wenn es nicht so sarkastisch klingen würde, Markowitsch, so könnte man meinen, es steht hier einiges unter Strom.“

„Kann man so sagen“, gab der Angesprochene zurück. „Passender wäre aber: es steht einiges unter Wasser bzw. lag im Wasser.“

Dabei deutete er auf die gegenüber liegende Seite des Lechs.

„Mir gönnt man scheinbar nicht einmal mehr einen ruhigen Wochenendspaziergang. Da entschließt man sich nach einer halben Ewigkeit mal wieder dazu die Ruhe der Natur zu genießen und was passiert?

Da hat sich wohl jemand gedacht: wenn sich der Markowitsch schon mal hier draußen am Lech aufhält, könnten wir ihm doch auch gleich eine schöne

Wasserleiche servieren."

Robert Markowitsch zog den Oberstaatsanwalt unter der Absperrung hindurch in Richtung des Kraftwerks.

„Nun aber mal langsam verehrter Herr Hauptkommissar", meinte Frank Berger mit spielerisch erstaunter Mine. „Sind sie etwa böse darüber, dass man ihre Schaffenskraft zu schätzen weiß?"

„Das nicht", gab Markowitsch zur Antwort. „Aber man könnte sich ja den Zeitpunkt mal etwas passender aussuchen. Muss es denn ausgerechnet eines meiner wenigen freien Wochenenden sein?"

„Der Tod kennt keine zeitlichen Grenzen, Markowitsch. Das sollten sie doch nach all den Jahren in unserem Beruf gemerkt haben."

Als die beiden schließlich vor dem Turbinenhaus angekommen waren meinte Frank Berger:

„Und nun zeigen sie mir doch mal, was sie so sehr verärgert hat."

„Na dann", meinte Markowitsch, „folgen sie mir auf die andere Seite. Wird aber ein bisschen laut über dem Steg."

Der Hauptkommissar deutete während seines letzten Satzes auf die geöffneten Schleusentore, über die das Wasser in die Tiefe stürzte.

„Alle Achtung", meinte der Augsburger Oberstaatsanwalt. „Mit einem Kanu möchte ich da aber auch nicht runter müssen."

„Brauchen sie auch nicht", gab Robert Markowitsch zurück, und deutete auf den Laufsteg, der über den Fluss führte. „Sie sollen mir lediglich da oben drüber auf die andere Seite folgen."

„Also gut. Dann will ich mir doch mal ansehen, was sie mir zurechtgelegt haben“, meinte Frank Berger.

Mit einer einladenden und nach vorn zeigenden Handbewegung deutete er dem Hauptkommissar an, ihm voraus zu gehen.

Kaum hatten die beiden die wenigen Stufen des Treppenhauses hinter sich gelassen, wurden Stimmen hinter ihnen laut. Markowitsch und Frank Berger blieben kurz stehen und sahen sich um.

Sie erblickten eine Frau und zwei Männer. Der erste der beiden war sowohl Markowitsch als auch dem Oberstaatsanwalt bekannt.

„Kollege Zacher höchstpersönlich?“, staunte Frank Berger, als er den Leiter der KTU München erkannte. „Sind sie hierher geflogen, oder gefällt es ihnen im schönen München nicht mehr?“

„Danke der Nachfrage, es geht mir soweit ganz gut. Und selbst?“, blaffte Alfred Zacher mit etwas ironischem Tonfall zurück.

„Vorsicht, dem ist was über die Leber gelaufen“, frotzelte Frank Berger zu Markowitsch. „Aber bekanntlich beißen Hunde ja nicht, wenn sie laut bellen.“

„Außer man hat ihnen den Knochen weggenommen, Berger“, meinte Zacher, indem er den Oberstaatsanwalt etwas unsanft zur Seite schob. „Stehen sie hier nicht im Weg herum, sondern lassen sie uns unsere Arbeit machen.“

Mit diesen Worten öffnete er die Metalltüre, die auf den Steg führte. Die beiden Begleiter von Alfred Zacher folgten unmittelbar.

Als sie sich an dem noch immer etwas überrascht drein blickenden Frank Berger sowie Robert Markowitsch vorbei zwängten, zuckten sie nur mit hochgezogenen Augenbrauen die Schultern.

Auf halbem Weg über den Lech blieb Alfred Zacher plötzlich stehen und sah für einige Sekunden auf die hinabstürzenden Wassermassen der geöffneten Schleusentore.

„Nicht springen, Herr Kollege", grinste Markowitsch, als er am Leiter der SpuSi vorbei ging. Er zeigte mit seiner Hand auf die andere Seite. „Ihre Arbeitskraft wird da drüben noch gebraucht."

„Ich denke nicht im Traum daran, mich auf diese Art aus dem Staub zu machen", gab Zacher zurück. „Allerdings wäre dies ein würdiger Platz, um einigen Herren der Regierung das Fürchten zu lehren."

„Sie machen neuerdings auch in Sachen Politik?", fragte der Markowitsch erstaunt zurück.

„Quatsch", antwortete Zacher, indem er sich nach links drehte, um seinen Weg fortzusetzen. „Aber einige dieser Sesselpupser sind wohl der Meinung, dass man die Abteilungen Spurensicherung Augsburg und München zusammenlegen könnte."

Alfred Zacher blieb am Ende des Steges nochmals für einige Sekunden stehen und drehte sich zu Berger und Markowitsch um.

„Jedenfalls was die Leitung anbetrifft. Und nun raten sie mal, wen man dafür auserkoren hat?"

Frank Berger und der Hauptkommissar sahen sich grinsend an, bevor sie beide mit ihrem Zeigefinger auf Alfred Zacher deuteten.

Dieser drehte sich nun wieder um, ging die Stufen hinunter, und begab sich zu dem nicht weit von ihm entfernt liegenden Leichnam.

„Diese Beförderung bringt ihnen doch sicherlich eine kräftige Gehaltserhöhung ein“, meinte Robert Markowitsch, als er Alfred Zacher eingeholt hatte.

Dabei rieb er Daumen und Zeigefinger seiner rechten Hand mit einer eindeutigen Geste aneinander.

„Die paar Kröten können sie an den Fingern einer Hand abzählen“, seufzte Zacher. „Aber für den zusätzlichen Verwaltungsaufwand und nun auch noch die Fahrerei zwischen Augsburg und München benötigen sie schon mehrere Hände.“

„Hat für uns aber auch eine gute Seite“, meinte der Hauptkommissar. „Schließlich weiß ich ihre Arbeit zu schätzen, ohne die Arbeitsqualität der Augsburger Kollegen anzweifeln zu wollen.“

„Danke für die Blumen, Markowitsch“, gab Alfred Zacher zurück. „Aber nun lassen sie uns erst mal sehen was uns hier erwartet.“

Der Leiter der Augsburger Kripo hielt Alfred Zacher an dessen Schulter zurück, unterbrach somit kurz den Tatendrang des Kollegen.

„Machen sie sich auf einen nicht alltäglichen und auch nicht besonders angenehmen Anblick gefasst, Zacher. Mir wurde vorhin fast übel, als ich das gesehen habe.“

Zacher streifte die Hand des Hauptkommissars von seiner Schulter und begab sich in Richtung des am Boden liegenden Leichnams.

Dabei meinte er nur mit einer gespielten väterlichen Stimme:

„Glauben sie mir, Markowitsch, wenn sie schon einmal die Überreste eines Suizids von den Bahngleisen gesammelt haben, dann schockt sie nichts mehr auf Gottes Erdboden."

Die beiden Männer hatten inzwischen den Platz erreicht, an dem die Tote lag. Alfred Zacher betrachtete den leblosen Körper.

„Obwohl ich sagen muss, mein lieber Herr Hauptkommissar", meinte er mit erstaunter Stimme, „dass ich so etwas hier auch zum ersten Mal sehe."

Mit diesen Worten stellte er seinen Koffer zu Boden, öffnete diesen und entnahm daraus ein paar Handschuhe.

Anschließend ging er in die Hocke und begann damit, den vor ihm liegenden Leichnam zu untersuchen.

Der Leiter der Mordkommission verfolgte wie schon bei so manch früheren gemeinsamen Einsätzen mit Alfred Zacher dessen routinemäßige Handgriffe in Bezug auf die Sicherstellung erster Hinweise zur Todesursache.

„Und?", meinte Markowitsch fragend. „Was sagt uns denn der fachmännische Blick?"

„Nichts", antwortete der Polizeiarzt wie aus der Pistole geschossen, da er diese Nerv tötende Frage des Kollegen scheinbar schon erwartet hatte.

„Jedenfalls jetzt noch nicht", fügte er sogleich hinzu. „Erstickt, erwürgt, ertrunken … Ich kann ihnen nach ein paar Minuten doch keine aussagekräftige Diagnose präsentieren, Mann", kam es fast ein Wenig genervt aus seinem Mund.

„Warten sie in Gottes Namen doch das Ergebnis

der forensischen Pathologie ab, Markowitsch."

„Schon gut, Zacher, schon gut", winkte der Hauptkommissar ab. „Man wird doch noch mal fragen dürfen."

„Darf man nicht", gab Alfred Zacher zurück. „Jedenfalls jetzt noch nicht. Zuerst einmal", sprach er sogleich in der unnachahmlichen Art eines Pathologen weiter, indem er einen sterilen Folienbeutel aus seinem Koffer holte „wollen wir das arme Vögelchen hier eintüten."

Robert Markowitsch machte sich mit Zachers Mitarbeiter und dessen Kollegin inzwischen daran, die Fundstelle am Ufer des Lechs abzusuchen.

Nach wenigen Minuten bekam er dann auch seine Vermutung bestätigt, dass die Frau nicht hier oder in unmittelbarer Nähe ins Wasser geraten sein konnte. Jedenfalls schien im ersten Moment nichts darauf hinzudeuten.

Als Oberstaatsanwalt Frank Berger dies mitbekam, griff er zu seinem Telefon und orderte eine kleine Suchmannschaft mit Spürhunden zum Kraftwerk.

Nachdem er sein Gespräch beendet hatte, sah er einen der Rainer Kollegen auf sich zukommen. Dieser reichte ihm einen Notizzettel.

Frank Berger betrachtete sich das Geschriebene kurz, bevor er den Hauptwachtmeister fragend ansah.

„Mein Kollege glaubt, dass es sich bei der Toten um Erna Gebinger handelt", gab der Polizist auf die unausgesprochene Frage zurück.

Berger überlegte kurz, bevor er antwortete.

„Um dies sicherzustellen würde ich vorschlagen, dass sie jemanden zur Wohnung dieser Dame schicken, um dies zu überprüfen."

„Schon geschehen", antwortete dieser. „Der Kollege des Hauptkommissars hat dies bereits in die Wege geleitet. Er und Kommissar Frei sind schon unterwegs. Ich denke, dass wir in Kürze wissen, ob mein Kollege mit seiner Vermutung richtig liegt."

7. Kapitel

Maximilian Kanter bekleidete bereits in seiner dritten Amtsperiode den Posten des ersten Mannes der Stadt Rain.

Er erinnerte sich in diesen Tagen vor den Wahlen wieder daran, dass er es sich schon als kleiner Junge zum Ziel gesetzt hatte, einmal Bürgermeister dieser Stadt zu werden.

Ihm war es sehr wohl bewusst, dass nicht allein die politischen Erfolge oder Misserfolge darüber entscheiden, wer das höchste Amt der Stadt innehat.

Ausschlaggebend ist auch die menschliche Nähe zu den Bürgerinnen und Bürgern. Sich derer Sorgen und Ängste anzunehmen, gehört zu den maßgeblichen Aufgaben eines Stadtoberhauptes.

Dass die Wahrnehmung dieser Aufgaben oftmals zu kurz kommt, das wusste der Kanter Max, wie er hinter vorgehaltener Hand in Rain oft genannt wurde, nur allzu gut.

In seinen Augen gab es von Allem stets zweierlei. Egal ob es sich dabei um Menschen, Situationen oder sonstige Dinge handelte.

Die Einen waren wichtig und die Anderen eben wichtiger.

Zur zweiten Kategorie zählte für ihn auch die regelmäßige Kontaktpflege sowohl zu den einflussreichen Privat- als auch Geschäftsleuten aus seiner Stadt.

Maximilian Kanter hatte ein Händchen dafür,

den Bürgerinnen und Bürgern aus Rain am Lech in seinen Augen gewisse Notwendigkeiten stets so positiv darzustellen, dass er selten auf größeren Widerstand stieß.

Dies galt zum Beispiel für die Expansion der Zuckerfabrik, die zu einem der größten Standorte der Südzucker AG zählt und im Sommer 2007 das bereits 50-jährige Bestehen feierte.

Seinen Stammsitz hat hier in Rain am Lech auch das größte Gartencenter Deutschlands, das jedes Jahr von tausenden Gästen besucht wird.

Selbstverständlich sah es der Rainer Bürgermeister auch hier im Unternehmensbereich als seine Pflicht an, die entsprechenden Kontakte zu pflegen.

So mancher Veranstaltung konnte er in den vergangenen Jahren schon im Blumenhotel des Unternehmens beiwohnen.

Er konnte miterleben, wie sich das Haus, das auf dem Gelände der ehemaligen Rainer Brauerei erbaut wurde, zu einer der führenden Adressen in der Region entwickelte.

Maximilian Kanter könnte also auch in dieser Hinsicht zufrieden auf das Mitschaffen einer gelungenen Infrastruktur zurückblicken, wäre da nicht etwas, das manchem Beteiligten ein kleiner Dorn im Auge schien.

Dieser Dorn, ein kleines, Bauwerk eher trister Erscheinung, befindet sich am Rande der Zufahrt des Hotelparkplatzes.

Nicht sehr ansehnlich, da der Zahn der Zeit doch seine Spuren hinterlassen hat.

Auf Grund wohl bestehender Eigentumsrechte

trotzte das Gebäude bis heute jeglichem Versuch, als Opfer baulicher Modernisierungsmaßnahmen abgerissen zu werden.

Auch für die Führungsriege der Stadt Rain besteht hier wohl keinerlei Handlungsmöglichkeit, das letzte Gemäuer aus der Nachkriegszeit an dieser Ecke der Altstadt zu beseitigen.

Möglicherweise hätte es, gerade jetzt wieder vor den anstehenden Wahlen, in gewisser Hinsicht dem Kanter Max einige Pluspunkte gebracht, würde er hier vermitteln können.

Umso mehr hatte er es sich in den letzten Wochen zur Pflicht gemacht, verschiedenen Damen und Herren aus Rain am Lech und den angeschlossenen Gemeinden seine persönliche Aufwartung zu machen.

Von den meisten wusste er aus teils persönlichen Unterhaltungen, teils aus Stammtisch- oder Versammlungsgesprächen, dass sie unentschlossen darüber waren, wem sie ihre Stimme am Wahltag geben sollten.

Es handelte sich hierbei um Menschen aller Gesellschaftsschichten. Egal ob Geschäftsleute, einfache Arbeiter oder Ältere.

Eine davon war auch Erna Gebinger. Man sah sie kaum noch in der Stadt und es wurde schon getuschelt, dass sie sich anscheinend lieber mit ihren Vögeln als mit anderen Menschen abgab.

In Maximilian Kanters Augen war sie **das** Beispiel. Wenn es ihm gelingen würde, ihre Stimme zu bekommen, würden sich ihr eventuell manch andere in diesem Alter anschließen.

Als er an diesem Freitag seinen Terminkalender durchging bemerkte er eine Notiz, die den 75. Geburtstag Erna Gebingers bezeichnete.

Das passt, dachte sich der Bürgermeister und entschloss sich dazu, ihr heute mit einem obligatorischen Blumenstrauß, der in diesem Falle etwas größer ausfiel, einen Besuch abzustatten.

Dass ihm ein glücklicher Zufall dabei unter die Arme greifen würde, ahnte er in diesem Moment noch nicht.

Nachdem die alte Frau Gebinger auf sein mehrmaliges Läuten an der Haustüre nicht öffnete, wollte er aber nicht gleich wieder gehen. Möglicherweise hielt sie sich ja im Garten auf.

Maximilian Kanter ging um das Haus herum durch den Garten und vernahm dabei durch ein gekipptes Fenster eine ihm seltsam krächzende Männerstimme.

Diese zuzuordnen misslang ihm jedoch, da die gesprochenen Worte undeutlich durch das Fenster klangen.

Sein Vorhaben, Erna Gebinger durch Klopfen an die Scheibe auf sich aufmerksam zu machen unterließ er und versuchte stattdessen einen Blick in das Innere des Zimmers zu erhaschen.

Er sah die Frau am Wohnzimmertisch sitzen, vor sich ein altes Tonbandgerät auf dem Tisch stehend.

Immer wieder hielt sie das Band für einen Augenblick an, wirkte dabei in seinen Augen seltsam aufgewühlt. Dies schien auch die Tatsache zu bestätigen, dass sich Erna Gebinger mehrmals aus einer Flasche etwas zu trinken einschenkte.

Angestrengt versuchte der Bürgermeister aus der Tonbandstimme herauszuhören, was die alte Dame so zu verwirren schien.

Fast eine halbe Stunde harrte Kanter vor dem Fenster aus. Doch die Informationen, die er letztendlich daraus ziehen konnte, rechtfertigten diese Wartezeit in seinen Augen vielfach.

Nachdem Erna Gebinger das Band scheinbar zum letzten Mal angehalten hatte entschloss sich Maximilian Kanter dazu, seinen geplanten Besuch abzubrechen, jedoch nur für diesen Augenblick. Zunächst einmal galt es für ihn, das unfreiwillig Gehörte zu sondieren.

Aber er würde wiederkommen, am Abend.

8. Kapitel

Harry Zeller vernahm aus der Ferne den sich ihm nähernden Lärm eines Martinshorns. Urplötzlich waren seine Sinne wieder hellwach.

Hier, auf dem Gelände des ehemaligen Volksfestplatzes, auf dem er schon seit Stunden in seinem Wagen saß, fühlte er sich momentan noch relativ sicher.

Ob man den Tod der alten Dame bereits entdeckt hatte? Harry steckte sein billiges Handy in die Tasche und rutschte sicherheitshalber etwas in seinem Sitz nach unten.

Er wollte kein unnötiges Risiko eingehen und in eine Situation zu geraten, die ihm unnötige Schwierigkeiten bereiten würde.

Als er das von links herankommende Polizeifahrzeug erblickte, begann sein Puls zu rasen. Gleich müsste der Wagen nach links in den Fischerweg abbiegen.

An dessen Ende, fast schon im Grünen, stand das kleine Einfamilienhaus seiner Großmutter.

Einerseits war es sehr gewagt von ihm, sich in dessen unmittelbarer Nähe aufzuhalten.

Angesichts der Tatsache, dass Erna Gebinger in der vergangenen Nacht hier ihr Leben lassen musste, war es für Harry wohl jetzt besser, vorerst das Weite zu suchen, obwohl er fest daran glaubte, dass ihn auf Grund seiner Vergangenheit wohl niemand für so dumm halten würde, sich hier unweit vom

Tatort aufzuhalten.

Aber sicher ist sicher, dachte er sich. *Kein unnötiges Risiko.*

Als Harry den Motor startete, fiel sein Blick auf ein Wahlplakat, welches an einer Straßenlaterne angebracht war.

Einen Moment lang betrachtete er sich den Slogan, der unterhalb des abgebildeten Kandidaten zu lesen war.

Mit mir treffen sie eine gute Wahl stand dort in großen Lettern zu lesen.

Davon bin ich überzeugt dachte Harry Zeller entschlossen bei sich und obwohl er wusste, dass er zu viel rauchte, zündete er sich eine weitere Kippe aus seiner Packung an, bevor er sein Auto in Richtung Kastanienallee lenkte.

9. Kapitel

Erna Gebinger ging an diesem Freitag, an welchem sie ihren 75. Geburtstag feierte, wieder einmal ihrer Lieblingsbeschäftigung nach.

Mit einem kleinen Mikrofon stand sie im Wohnzimmer vor dem Käfig, in dem sich ihre beiden Beos befanden.

Bei diesem schwarzgefiederten Vogelpärchen handelte es sich um eine Unterart der Beos, die aufgrund ihrer Sprachbegabung fälschlicherweise häufig den Papageien zugeordnet werden, obwohl sie zur Familie der Stare gehören.

Immer wieder versuchte die alte Dame, den Tieren mehr als nur die üblichen krächzenden Laute zu entlocken.

„Nun kommt schon meine Lieben. Wollt ihr beiden mir nicht ein kleines Geburtstagsgeschenk machen? Ich weiß doch, dass ihr zwei kleine Schlauberger seid“, versuchte sie zu locken. „Mit meinem Namen klappt es doch auch.“

Als müsste eine Bestätigung folgen, gab einer ihrer gefiederten Freunde ein rollendes *Errrna* von sich. Doch zu weiteren sprachlichen Kunststücken ließen sie sich an diesem Abend scheinbar nicht hinreißen.

Erna Gebingers Blick ging zum Fenster. Die Dämmerung war längst vorüber, Dunkelheit lag über dem kleinen Garten.

Gäste hatte sie nicht eingeladen. Seit dem Tod ihres geliebten Mannes und dem mehr als unvernünftigen Verhalten ihres Enkels hatte sie kaum mehr Kontakt nach Außen gepflegt. Sie wollte ihren Lebensabend einfach nur in Ruhe mit ihren beiden Beos genießen.

„Na gut“, meinte die alte Dame zu den Vögeln gewandt. „Wenn ihr gerade nicht wollt, werde ich mir erst mal eine gute Tasse Tee aufbrühen.“

Sie legte das Mikrofon zur Seite und machte sich auf den Weg in die Küche, als just in diesem Moment die Haustürglocke ertönte.

Erna Gebinger stockte abrupt. Wer mochte um diese Zeit noch bei ihr vorbei kommen? Sie überlegte einige Sekunden lang. Sollte sich doch jemand an ihren Geburtstag erinnert haben?

Erneut ging die Türglocke, jetzt mehrmals nacheinander. Der unerwartete Besucher schien nicht gerade mit Geduld gesegnet zu sein.

Ein Blick auf die Wanduhr hinter ihr zeigte Erna Gebinger, dass es bereits nach einundzwanzig Uhr war. Der einzige der früher hin und wieder um diese Zeit bei ihr läutete war ihr Enkel Harry, wenn er wieder einmal seinen Hausschlüssel vergessen, verlegt oder gar verloren hatte.

Harry! Sie wusste, dass man ihn vor einigen Tagen wegen guter Führung aus der Haft entlassen hatte. Bisher hatte er sich allerdings nicht getraut, bei ihr vorbei zu kommen. Ob nun aus Scham oder Gleichgültigkeit, darauf konnte sich Erna Gebinger keinen Reim machen.

Lange genug hatte sie versucht auf ihn einzureden, ihm klar zu machen, dass eine anständige Ausbildung der beste Grundstein für ein solides Leben war.

Aber zu mehr als einer Handwerkerlehre hatte er es nicht gebracht. Er zeigte danach keinerlei Interesse daran, diesen erlernten Beruf auch weiterhin auszuüben.

Insgeheim gab sich Erna Gebinger auch ein wenig selbst die Schuld daran. Hatte sie doch immer wieder ihrem Enkel Geld zugesteckt.

Wohl hatte sie versucht, sich ihr selbst gegebenes Versprechen, ihm Vater und Mutter gleichzeitig zu ersetzen, einzuhalten.

Dass ihr dabei durch ihre Großzügigkeit der Junge immer mehr aus den Händen glitt, hatte sie leider erst viel zu spät bemerkt.

Das erneut penetrante Klingeln an der Haustüre riss die alte Frau aus ihren Gedanken. Sie schüttelte kurz ihren Kopf, beinahe so, als versuchte sie dadurch die Vergangenheit loszuwerden.

Nachdem sie endlich den Schlüssel der Haustüre im Schloss drehte, diese sodann langsam mit einem etwas seltsamen Gefühl öffnete, blickte sie etwas erstaunt in das Gesicht der vor ihr stehenden Gestalt.

Nicht Harry Zeller, ihr Enkel, stand vor ihr.

„Herr Kanter?"

Mehr fragend als feststellend kam der Name über Erna Gebingers Lippen. Sekundenlang herrschte eine seltsame Stille zwischen den beiden sich gegenüber stehenden Personen.

Maximilian Kanter, der Bürgermeister der Stadt Rain, stand mit Blumen in der Hand vor der Türe und sah etwas selbstgefällig lächelnd auf die weißhaarige Dame vor sich.

„Wollen sie mich nicht hereinbitten?“, kam es schließlich aus seinem Mund.

Etwas irritiert trat Erna Gebinger einen Schritt zur Seite und machte somit den Weg frei für ihren Besucher, der sich auch sogleich scheinbar sicheren Schrittes in Richtung des Wohnzimmers bewegte.

Die Hausbesitzerin folgte ihm nachdenklich mit einem zwiespältigen Gefühl.

Als sie schließlich hinter ihm den Raum betrat und sah, dass Max Kanter sich selbstbewusst in einem der Sessel niederließ, musste Erna Gebinger einige Male schlucken, bevor sie ihre Frage herausbekam.

„Was wollen sie um diese Zeit bei mir?“

Die Augen des Bürgermeisters verengten sich zu schmalen Schlitzen und er setzte schon zu einer Äußerung an, als er sich scheinbar anders besann.

Mit einem wohlwollenden Lächeln erhob er sich von seinem Platz, reichte Erna Gebinger den mitgebrachten Blumenstrauß entgegen und breitete schließlich seine Arme aus.

„Liebste Frau Gebinger“, begann er mit gestenreichen Worten, als er seine Hände an ihre Schultern legte. „Es ist zwar schon reichlich spät an diesem Freitagabend, aber sie waren doch nicht allen Ernstes in dem Glauben, dass der Bürgermeister ihrer Stadt ihren Ehrentag vergessen würde?“

Die weißhaarige Dame schluckte. Wie kam sie denn zu dieser Ehre?

Bisher hatte sie mit Maximilian Kanter nicht allzu viel zu tun. Was also wollte er so spät noch hier?

Sicher, als Bürgermeister gehörte es wohl zu seinen Aufgaben, sich an solchen Geburtstagen wie ihrem persönlich sehen zu lassen. Aber um diese Uhrzeit?

Das Rainer Stadtoberhaupt bemerkte die Unschlüssigkeit in den Augen der Jubilarin.

„Ich war heute schon einmal vor ihrer Haustüre gestanden, liebste Frau Gebinger. Allerdings haben sie wohl mein Klingeln nicht gehört."

Erna dachte nach. Kann es sein, dass sie beim Anhören des Tonbandes so in Gedanken versunken war, dass sie die Hausglocke nicht gehört hatte?

Unwahrscheinlich, aber auch nicht ausgeschlossen.

Sie versuchte trotz der späten Stunde ihrem unerwarteten Gast ein Lächeln entgegen zu schicken.

„Nehmen sie doch bitte wieder Platz", bat sie Maximilian Kanter, indem sie auf den Wohnzimmersessel deutete, aus welchem ihr Gast gerade aufgestanden war.

„Ich hole nur schnell etwas, um die Blumen ins Wasser zu stellen."

Damit ging sie in das Zimmer nebenan, um kurz darauf mit einer verschnörkelten Vase wieder zurück zu kommen.

„Wäre doch schade, wenn der schöne Strauß verdursten würde", meinte sie lächelnd.

Sie deutete auf die Likörflasche, die noch immer auf dem Tisch stand.

„Darf ich ihnen etwas zu trinken anbieten? Ist noch ein selbstgemachter Likör von meinem Franz. Ein gutes Tröpfchen."

„Danke, Frau Gebinger, aber…“, lehnte Kanter höflich aber bestimmt ab.

„Sie wissen ja, die lieben Autofahrer. Ein Bürgermeister ohne Führerschein wegen Trunkenheit am Steuer wäre ja auch nicht gerade ein Vorbild für die Bürger seiner Stadt.“

Erna nahm auf der anderen Seite des Tisches Platz. Für einige Minuten plauderte sie über mehr oder weniger belanglose Dinge mit Maximilian Kanter und sah sich schon fast in ihrer Meinung über ihn getäuscht.

Doch es stellte sich Augenblicke später heraus, dass ihre ursprüngliche Meinung doch nicht so verkehrt war.

„Bevor ich mich nun wieder von ihnen verabschieden möchte, liebste Frau Gebinger, würde ich sie gerne noch daran erinnern, dass ja demnächst auch in unserem schönen Rain am Lech wieder die Wahlen anstehen.“

Aha, ging es Erna durch den Kopf. *Also doch nicht nur ein selbstloser Höflichkeitsbesuch.*

„Tja“, meinte Kanter. „Wie sie sich denken können, würde ich mich selbstverständlich auch in den kommenden Jahren gerne wieder als ihr Bürgermeister um ihre und die Sorgen und Nöte aller Bewohnerinnen und Bewohner unserer Stadt kümmern.“

„Und dafür brauchen sie natürlich jede einzelne Stimme, nicht wahr?“, fragte die alte Dame nach.

„Richtig, liebste Frau Gebinger, ganz genau so ist es. Nachdem man sie ja leider nur noch selten in der Innenstadt sieht dachte ich mir, dass ich meine

Aufwartung zu ihrem heutigen Ehrentag auch mit der offiziellen Bitte um ihre Stimme bei der anstehenden Wahl zum Bürgermeister verbinden kann."

Erna Gebinger überlegte einen Moment, bevor sie antwortete. Sie sah ihrem Gegenüber in die Augen und glaubte darin lediglich die Sorge um dessen eigene berufliche Zukunft zu erkennen, statt der Sorge um das Wohlergehen seiner Mitbürger.

Sie wusste nicht genau weshalb, allein aus diesem Grund sagte sie nun:

„Wenn ich ihnen jetzt aber sagen muss, dass ich mit Politik rein gar nichts am Hut habe, Herr Kanter und deshalb wohl auch nicht zur Wahl gehen werde, was wollen sie dann tun?"

Maximilian Kanter schluckte. Mit jeder Antwort hatte er gerechnet, aber nicht mit dieser. Sein Blick gegenüber Erna Gebinger verhärtete sich von einer Sekunde auf die nächste.

Er rutschte fast bis nach vorn an die Sesselkante heran und für einen kurzen Moment schien sich sein ganzer Körper anzuspannen, jederzeit bereit dazu, blitzschnell aufzuspringen.

Mit einem Mal jedoch lehnte sich der Mann selbstgefällig zurück, um ein zweideutiges Lächeln in Richtung der ihm gegenüber stehenden Frau zu schicken.

„Was ich will?", wiederholte er ihre Frage, ganz so, als sei er über diese erstaunt. „Klarheit schaffen liebe Frau Gebinger, Klarheit."

Es lag eine Selbstverständlichkeit in seinen Worten, die der alten Dame einen eisigen Schauer über den Rücken jagte.

Eine Weile starrte sie den Bürgermeister ungläubig an.

„Über was wollen sie sich denn bei einer alten Frau wie mir Klarheit verschaffen, Herr Kanter?“, fragte sie mit zitternder Stimme.

„Das kann ich ihnen gerne erklären, Frau Gebinger“, antwortete der Mann. „Ich wurde heute Vormittag unfreiwilliger Zeuge des, na sagen wir mal nicht ganz alltäglichen Geständnisses ihres verstorbenen Gatten.“

Erna Gebinger schluckte hörbar. Also war Kanter heute doch schon einmal hier.

„Aber machen sie sich mal keine Sorgen, verehrte Jubilarin“, verfiel Maximilian Kanter nun in einen wohlwollenden aber doch zynischen Ton.

„Ich habe keineswegs die Absicht, ihnen wegen dieser längst vergangenen Geschichte irgendwelchen Schaden zuzufügen.“

Die Augen der alten Frau verengten sich nun zu zwei schmalen Schlitzen.

„Was wollen sie dann von mir, Herr Kanter?“, fragte sie.

„Können sie sich das denn nicht denken?“, meinte der Bürgermeister. „Das Band mit der Aussage ihres Mannes würde ich gerne mitnehmen.“

Er deutete auf das neben dem Magnetophon liegende Tonband, von dem er vermutete, dass es sich um das besagte Stück handelte.

„Das Band“, wiederholte Erna Gebinger leise murmelnd. Sie sah ihren Gegenüber fragen an.

„Was um alles in der Welt wollen sie damit? Den Namen meines Mannes in den Schmutz ziehen, um in der Öffentlichkeit gut dazustehen?

Das werde ich nicht zulassen. Er hat wie viele andere auch nur auf die Befehle seiner Vorgesetzten gehandelt.

Sie haben ja keine Ahnung, was diese Soldaten damals durchgemacht haben müssen."

„Oh doch, Frau Gebinger. Ich habe es schließlich mit angehört", versuchte Maximilian Kanter die nun scheinbar seelisch aufgewühlte Frau zu besänftigen.

„Sehen sie: es geht mir bei diesem Band auch gar nicht um das, was ihr Mann getan hat oder was ihm letztendlich dadurch widerfahren ist.

Jeder an seiner Stelle hätte wohl, wie er es ja selbst beschrieben hat, ganz genauso gehandelt."

Man konnte der alten Frau in diesem Moment ansehen, dass sie nun scheinbar gar nichts mehr richtig verstand.

„Aber weshalb haben sie dann so großes Interesse an diesem alten Tonband?", wollte sie wissen.

„Das, liebste Frau Gebinger, kann ich ihnen leider nicht verraten. Nur so viel: Ich werde es zum Wohle unserer Stadt verwenden."

Für einige Sekunden herrschte fast absolute Stille im Wohnzimmer.

„Wohl eher zu ihrem eigenen Wohl, Herr Kanter."

Dieser Satz von einer dritten Person gesprochen hallte plötzlich und unerwartet durch den Raum.

Wie von einer Tarantel gestochen fuhr der Angesprochene auf dem Absatz herum und starrte ungläubig in das Gesicht eines jungen Mannes.

Erna Gebinger war es, die die Stille unterbrach.

„Harry?“, fragte sie, fast erleichtert darüber, nicht mehr allein mit diesem Mann in ihrem eigenen Haus zu sein.

„Wie kommst du denn hierher?“

Harry Zeller hob seine rechte Hand, in der er einen kleinen Schlüsselbund hielt. Selbstsicher ließ er ihn an dessen Anhänger kreisen.

„Du glaubst doch nicht etwa, dass ich deinen 75. Geburtstag vergessen würde, Oma?“

„Da bin ich ja mal froh darüber, dass du den nicht verschlampt hast, mein Junge“, lächelte Harrys Großmutter auf den Schlüssel deutend, als sie am Gesichtsausdruck des Bürgermeisters bemerkte, dass diesem der so plötzlich unerwartete Besuch gar nicht zu passen schien.

Doch schneller als gedacht hatte Maximilian Kanter seine Emotionen wieder unter Kontrolle.

„Harry Zeller“, meinte er mit einem geringschätzigen Blick auf den unverhofften Gast. „Wohnen sie derzeit nicht in Niederschönenfeld?“

„Nicht mehr“, war Harrys Antwort, begleitet von einem selbstsicheren Lächeln. „Zu gute Führung“, sagte er. „Da war kein Platz mehr für mich.“

„Das freut mich aber für dich, dass du scheinbar doch noch auf einem besseren Weg zu kommen scheinst“, sprach Erna Gebinger weiter. Allerdings habe ich überhaupt nicht mit deinem Besuch gerechnet.“

Mit einem Blick auf Maximilian Kanter fügte sie hinzu:

„Eigentlich habe ich mit gar keinem Besuch gerechnet."

Harry Zeller sah den Bürgermeister von oben bis unten an.

„Was wollen sie hier, Kanter? Die letzten Sätze die ich mitbekommen habe lassen mich vermuten, dass sie meiner Großmutter nicht nur einen Höflichkeitsbesuch zum Geburtstag abstatten."

„Kommen sie, *Herr* Bürgermeister", sprach Erna Gebingers Enkel weiter. „Versuchen sie doch nicht uns für dumm zu verkaufen.

Ich hatte in den vergangenen Monaten ausreichend Zeit, um mit krimineller Energie Bekanntschaft zu machen. Über das Thema Erpressung wurde dabei auch ausreichend gequatscht.

Also verschonen sie meine Großmutter und mich mit ihrem dummen Gesülze von selbstloser Wohltätigkeit."

Erna Gebinger war etwas entsetzt über die Ausdrucksweise, mit der sich ihr Enkel gegenüber Maximilian Kanter äußerte.

Die Zeit im Gefängnis hatte anscheinend doch deutlichere Spuren bei ihm hinterlassen, als sie vor einem Moment noch zu hoffen gewagt hatte.

Max Kanter sah seine Chance, das Tonband in die Hände zu bekommen, nun immer weiter in die Ferne rücken.

Deshalb wollte er einen letzten Versuch mit Überrumpelungstaktik anstellen.

Einfach das besagte Band vom Tisch nehmen und so schnell wie möglich verschwinden. Vielleicht war ja der Überraschungsmoment auf seiner Seite.

Doch Erna Gebinger schien ihn zu durchschauen und stellte sich ihm in den Weg.

Maximilian Kanter, der jedoch schon in Bewegung war, prallte mit seinem ganzen Gewicht gegen den schmächtigen Körper von Erna Gebinger.

Diese wurde durch den Aufprall rückwärts gestoßen und konnte sich gerade noch am Wohnzimmertisch abstützen.

„Ich glaube sie gehen jetzt besser“, drohte Harry, der den Bürgermeister von hinten am Kragen packte und dabei von seiner Großmutter wegzog.

„Ansonsten müsste ich in der Stadt mal erzählen, auf welche Art und Weise sie auf Stimmenfang gehen.“

Der Blick aus Maximilian Kanters Augen drohte Harry Zeller zu durchbohren. Noch einmal drehte er sich zu Erna Gebinger um und verließ dann wortlos das Haus.

10. Kapitel

Es war bereits nach dreizehn Uhr, als sich Hauptkommissar Robert Markowitsch mit seinem Assistenten bei Alfred Zacher, dem Leiter der Spurensicherung einfand.

„Wie man sehen kann Herr Kollege, packen sie gerade ihre Utensilien zusammen. Haben sie schon irgendetwas herausgefunden was uns weiterhelfen könnte?"

„Ach Markowitsch", gab Zacher etwas ironisch zurück. „Sie immer mit ihrer gleichen Frage. Haben sie nicht mal was Neues auf Lager? Sie wissen doch ganz genau, dass sie darauf von mir immer die gleiche Antwort erhalten. Also warten sie es einfach ab bis die Obduktion beendet ist."

„Ja, ich weiß", winkte Markowitsch ab. „Ist eben die Standardfrage. Deshalb müssen sie sich nicht gleich auf den Schlips getreten fühlen. Irgendeine Kleinigkeit werden sie mir doch mitteilen können. Oder wollen sie mich etwa dumm sterben lassen?"

„Um mir anschließend vom Oberstaatsanwalt Vorwürfe machen zu lassen?", fragte Zacher mit grinsendem Gesicht. „Den Gefallen tue ich ihnen nicht, Markowitsch.

Noch dazu hätte ich sie dann mit ziemlicher Sicherheit bei mir in der KTU auf dem Tisch liegen. Gott bewahre."

Der Beamte hob wie abwehrend seine Arme und meinte:

„Also gut, sie Ungeduld in Person. Alles was ich

ihnen zum jetzigen Zeitpunkt mit Bestimmtheit sagen kann ist dies:

Das mit den Vogelresten im Mund der Toten ist ja ziemlich pervers, war aber wohl nicht unmittelbar für ihr Ableben ausschlaggebend.

Dem armen Vieh wurde scheinbar sprichwörtlich der Kragen umgedreht. Vermutlich waren der oder die Täter extrem aufgebracht. Ansonsten habe ich keine Erklärung für diese bizarre Art und Weise der Tierkörperentsorgung.

Was ich damit sagen will:

Die Frau wurde gestern Abend zwischen zweiundzwanzig Uhr und Mitternacht vom Leben zum Tode befördert. Die Ursache dafür waren vermutlich zwei kräftige Hände."

Der Augsburger Hauptkommissar hörte den Erklärungen seines Kollegen aufmerksam zu.

„Theoretisch könnte es natürlich auch so gewesen sein, dass der Vogel dem Opfer während der körperlichen Auseinandersetzung gewaltsam in den Mund gesteckt wurde", meinte Alfred Zacher schulterzuckend.

„Man weiß ja nie, was im Hirn eines Mörders vor sich geht."

Als Robert Markowitsch sich diese Szene bildlich vorstellte, überkam ihn unwillkürlich ein leichter Schauer, der ihm trotz seiner langjährigen Tätigkeit bei der Kriminalpolizei eine Gänsehaut verursachte.

„Was man auf Grund der Vogelart somit wohl einen *beologischen Tod* nennen könnte", warf Peter Neumann trotz der makabren Vorstellung schmunzelnd ein.

Als Markowitsch dies vernommen hatte, verzog er etwas säuerlich die Mundwinkel.

„Ihre Scherze waren auch schon mal besser, Neumann“, meinte er.

„Sorry, Chef“, kam dessen Antwort. „Kam mir nur so gerade in den Sinn.“

„Na ja“, fuhr Alfred Zacher fort und unterbrach damit die beiden Kollegen. „Wie dem auch sei. Mehr kann ich im Augenblick noch nicht dazu sagen. Genaueres gibt’s leider erst am Montag.“

„Montag?“, wiederholte Markowitsch fragend.

„Sicher, Montag“, gab Zacher zurück. „Morgen ist nämlich Sonntag, wenn ich mich recht erinnern kann. Da haben wir normalerweise einen freien Tag. Sie etwa nicht?“

„Wenn sie mir vorher keine weiteren Erkenntnisse liefern, kann ich eben erst am Montag weiter ermitteln“, zuckte der Hauptkommissar mit seinen Schultern.

„Wenn es nur um die Möglichkeit des Ermittelns geht, so kann ich ihnen gerne andere Perspektiven geben“, vernahm Markowitsch mit einem Male die Stimme Frank Bergers hinter sich.

Markowitsch drehte sich um und sah den Augsburger Oberstaatsanwalt an. Mit hochgezogenen Augenbrauen meinte er:

„Sie machen sich scheinbar Sorgen darüber, dass ich am Sonntag vor lauter Langeweile graue Haare bekommen könnte, Berger.“

„Das nicht gerade“, antwortete dieser.

„Aber nachdem die Kollegen mit den Spürhunden ein Stück weiter oben eindeutige Schleifspuren entdeckt haben ist anzunehmen, dass die Frau dort in den Lech geworfen wurde."

Robert Markowitsch folgte mit seinem Blick dem ausgestreckten Arm Frank Bergers, der mit seinem Zeigefinger flussaufwärts in die Richtung deutete, aus der man einige uniformierte Polizisten mit ihren Hunden kommen sah.

„Solange wir aber noch nicht wissen um wen genau es sich bei der Toten handelt, sehe ich spontane Aktionen eher als voreilig an", versuchte Markowitsch den Sonntag zu verteidigen.

„Wenn es nur darum geht, da kann ich ihnen behilflich sein, Herr Hauptkommissar", meldete sich Christian Frei zu Wort.

Er war zwischenzeitlich zurückgekommen und bestätigte nun seine Vermutung, dass es sich bei der Toten um Erna Gebinger handelte.

„Zwei Kollegen sind mit Herrn Neumann bereits in ihrem Haus. Sieht ganz danach aus, als wäre dort gestern Abend einiges passiert."

Ehe Robert Markowitsch noch etwas sagen konnte, klopfte Oberstaatsanwalt Frank Berger ihm schon auf die Schulter.

„Na sehen sie, mein lieber Hauptkommissar, nun wird ihnen doch nicht langweilig werden.

Und damit sie nicht so einsam sind, dürfen Zacher und sein Team sie begleiten. Es gibt sicherlich eine ganze Menge Spuren zu ermitteln."

Frank Berger hob seine rechte Hand zum Gruß.

„Ich muss zurück meine Herren. Wünsche gutes Gelingen. Sie halten mich bitte wie immer auf dem Laufenden."

„Staatsanwalt müsste man sein", murmelte Alfred Zacher, als er sich an Robert Markowitsch vorbei zu seinem Dienstwagen begab.

Nachdem er diesen erreicht und den Koffer darin verstaut hatte, rief er noch fragend:

„Hat irgendjemand die Adresse dieser, wie hieß sie doch gleich, Erna Gebinger?"

Kommissar Christian Frei kam ihm sofort entgegen.

„Kein Problem, ist gar nicht weit von hier. Das Haus befindet sich in einer Wohnsiedlung gleich rechts am Ende des Waldstücks. Ich fahre voraus."

„Tun sie das", meinte Zacher seufzend, der sich in Gedanken schon von seinem geplanten Wochenende verabschiedete.

11. Kapitel

Markowitsch und Alfred Zacher parkten ihre Fahrzeuge direkt hinter dem Dienstwagen des Rainer Kollegen.

Die Fahrt hatte nur wenige Augenblicke gedauert. Das Haus von Erna Gebinger lag am westlichen Ortsende von Rain am Lech.

Kurz dahinter endet die befestigte Straße und der Fischerweg gabelt sich in zwei Schotterwege, wovon der eine zur sogenannten Fohlenweide führt.

In der anderen Richtung gelangt man an einigen Wiesenflächen vorbei in ein Waldstück, durch das man auch das westliche Ufer des Lechs erreichen kann.

„Ziemlich ruhige Gegend hier", meinte der Leiter der Augsburger Kriminalpolizei zu Alfred Zacher, nachdem sich die beiden Beamten für einige Augenblicke umgesehen hatten.

„Hat fast ein wenig bayerischen Heimatfilmcharakter."

„Nun werden sie mir bloß nicht melancholisch, Markowitsch", brummelte Zacher.

„Lassen sie uns lieber ins Haus gehen und zusehen, dass wir mit den Ermittlungen weiter kommen. Ansonsten sehe ich wirklich mein komplettes Wochenende dahin schwinden."

Der Chef der KTU holte seinen Koffer aus dem Wagen, verschloss die Hecktür und steckte den Schlüssel in seine Hosentasche.

„Wissen sie was mich ein wenig nachdenklich

stimmt, Markowitsch?“, meinte er, als sich die beiden Beamten auf dem Weg zum Haus befanden.

„Nein, Zacher, keine Ahnung“, gab Markowitsch zurück, „denn Gedanken lesen kann ich nicht. Auch wenn ich mir manchmal wünsche, dass ich das, was in ihrem Hirn vor sich geht, schon etwas früher wüsste.“

Alfred Zacher konnte sich ein leises Lachen nicht verkneifen. Robert Markowitsch war in seinen Augen die Ungeduld in Person, wenn es darum ging, einen neuen Fall aufzuklären.

„Ich wundere mich darüber, dass uns noch niemand von der Presse über den Weg gelaufen ist. Normalerweise sind diese Leute doch hinter einer neuen Story her wie der Teufel hinter einer armen Seele.“

„Stimmt“, gab der Hauptkommissar seinem Kollegen Recht, als sie hinter Christian Frei das Haus von Erna Gebinger betraten. „In meinen Augen könnte das zweierlei Gründe haben.

Zum einen hat Rain keine eigene Tageszeitung und zum anderen ist dieser Fall erst wenige Stunden alt.“

„Das mag sicherlich stimmen“, mischte sich Christian Frei nun in den Dialog der beiden Augsburger Beamten ein.

„Aber wir wissen doch alle, dass es in der Zeitungsbranche üblich ist, sich Zugang zum Polizeifunk zu verschaffen.

Ich bin mir sicher, dass es nicht allzu lange dauern wird, bis die ersten Herrschaften hier aufkreuzen.“

Robert Markowitsch nahm diese Äußerung mit etwas säuerlicher Miene zur Kenntnis, als er gerade das Wohnzimmer des Hauses betrat.

„Dann sorgen sie bitte dafür, dass wir hier möglichst ungestört unsere Arbeit machen können“, meinte er zum Rainer Kommissar, bevor er Peter Neumann zu sich winkte.

Auf den ersten Blick erkannte Markowitsch einen umgeworfenen Sessel, sowie eine ganze Reihe herumliegender Gegenstände.

Auf dem Wohnzimmertisch stand eine Flasche, daneben lagen die Scherben eines zerbrochenen Glases.

Ein in der Ecke stehender großer Vogelkäfig sah etwas lädiert aus. Vermutlich mit Gewalt beschädigt. Neben einem darin befindlichen Häuschen saß regungslos ein schwarzer Beo.

Er wirkte mit seiner Flügelhaltung fast wie ein Mensch, der zusammengekauert den Kopf zwischen die Schultern einzieht.

Die Augen des Hauptkommissars richteten sich auf das Sideboard neben dem Käfig. Darauf befand sich ein Karton mit mehreren Tonbändern.

Robert Markowitsch sprach den Chef der Spurensicherung an und deutete dabei auf diese Bänder.

„Vergessen sie das hier nicht, Zacher. Ich möchte wissen was da drauf ist. Vielleicht hilft uns das irgendwie weiter.“

„Ich vergesse nichts, Markowitsch“, brummte Alfred Zacher zurück. „Das sollten sie inzwischen wissen. Sie müssen uns nicht erklären was wir zu tun haben.

Aber wenn sie sich nützlich machen wollen, könnten sie vielleicht den Vogel zu sich nach Hause nehmen. Der sieht aus, als könnte er Gesellschaft brauchen.

Außerdem wird er für die nächste Zeit eine neue Bleibe brauchen, da wir den Rest seiner Behausung zur Untersuchung mitnehmen werden.“

Markowitsch betrachtete sich mitleidig das kleine Geschöpf und dachte mit etwas Gruseln wieder an den Anblick der toten Erna Gebinger.

Welche kranken Phantasien mussten in manchen Menschen vorgehen, um so etwas zu tun, fragte sich der Kripobeamte.

Er ging zur Wohnzimmertüre hinaus, drehte sich um und blieb neben Peter Neumann stehen.

Gemeinsam beobachteten die Beiden noch kurz das weitere routinemäßige Vorgehen der SpuSi und Markowitsch entschloss sich dabei, die Kollegen nicht länger mit seinem Nachfragen zu konfrontieren.

Er kannte Zachers Einstellung dazu.

Sichten, sichern, eintüten. Das waren stets dessen drei Worte an die Kolleginnen und Kollegen in seinem Team.

Die ermittelnden Beamten bekamen meistens etwas Anderes zu hören.

Je mehr Fragen im Vorfeld gestellt werden und je mehr man uns am Ort des Geschehens herumtrampelt und eventuell wichtige Indizien zerstört, desto länger dauert es, bis wir entsprechende Ergebnisse haben.

„Lassen sie uns raus gehen, Neumann“, meinte der Hauptkommissar, machte kehrt und zog seinen

EDV-Spezialisten hinter sich her.

Im Vorgarten angekommen blickte sich Markowitsch um und betrachtete die eindrucksvolle Villa auf der anderen Straßenseite.

„Wie sieht's denn mit Zeugen aus?“, fragte er.

„Ich habe die Kollegen aus Rain bereits zu den Nachbarhäusern geschickt“, antwortete Peter Neumann.

„Allerdings war im Haus nebenan niemand anzutreffen.

Laut des Anwohners in diesem schmucken Einfamilienhaus gegenüber, der uns leider auch nicht weiterhelfen konnte, sind die Mieter im Urlaub.

Die Aussagen der anderen Hausbesitzer bzw. Bewohner werden gerade eingeholt. Kann aber noch etwas dauern.“

Markowitsch dachte nach. Er wollte seine Gedanken etwas sortieren, wurde darin aber von Peter Neumann unterbrochen.

„Meinen sie nicht, Chef, dass wir anhand der, sagen wir mal ungewöhnlichen Umstände der zu Tode gekommenen Frau eine SOKO einrichten sollten?

Vielleicht gab es ja schon mal einen oder mehrere ähnlich gelagerte Fälle.“

Es dauerte einige Sekunden, bevor Robert Markowitsch antwortete.

„Schauen sie sich doch mal um, mein lieber Neumann. Was sehen sie?“

Peter Neumann sah aus, als könnte er mit dieser Fragestellung nichts anfangen.

Der Hauptkommissar deutete hinter sich auf den Eingang des Hauses.

„Da drin arbeiten der Leiter der Abteilung kriminaltechnische Untersuchung und zwei seiner wie ich annehme besten Mitarbeiter.

Dazu komme ich mit langjähriger Berufserfahrung als Leiter der Mordkommission und letztendlich sie als junger Kommissar mit Fachgebiet EDV im Bereich der Verbrechensbekämpfung.

Nun frage ich sie, Neumann: Wozu zum Teufel brauchen wir ihrer Meinung nach eine SOKO?"

Markowitsch ließ seine Worte einen Augenblick lang auf seinen Kollegen wirken.

„Also gut", meinte er schließlich. „Lassen sie uns doch mal kurz zusammenfassen was wir bis jetzt haben."

„Noch nicht allzu viel", war Peter Neumanns etwas nachdenklich wirkende Antwort. „Die Leiche einer alten Frau, die zugegeben ziemlich makaber aufgefunden wurde, eine ganze Reihe noch auszuwertender Spuren und scheinbar niemanden der etwas gesehen hat."

„Falsch, mein lieber Neumann", hörten die beiden eine Stimme hinter sich, welche Alfred Zacher gehörte. Der KTU-Beamte kam mit eiligen Schritten heran.

„Wir haben sehr viel mehr als nur das. Neben der Toten und momentan noch fehlenden Zeugenaussagen können wir augenscheinlich davon ausgehen, dass es sich bei diesem Wohnzimmer um den Tatort handelt."

Zacher deutete mit ausgestreckter Hand hinter sich auf das Einfamilienhaus, welches der ermordeten Erna Gebinger gehörte.

„Sicher?“, fragte Markowitsch nach.

„Ziemlich sicher“, gab Zacher zur Antwort. „Im Übrigen hatte die Frau laut der von uns gefundenen Papiere gestern ihren 75. Geburtstag.

Vielleicht ist es ja bei einer entsprechenden Familienfeier zu Auseinandersetzungen gekommen. Erbstreitigkeiten wären doch ein klassisches Motiv, Markowitsch.“

Der Hauptkommissar dachte einen Augenblick lang über die Äußerungen Alfred Zachers nach.

„Diese Möglichkeit sollten wir auf alle Fälle in Betracht ziehen. Dazu müssen wir aber erst einmal eine Liste der nächsten Verwandten zusammenstellen, sowie die Vermögensverhältnisse der Toten klären.

Habgier ist immer ein Mordmotiv, Zacher. Nur die Umstände, unter denen die Frau scheinbar ums Leben kam, scheinen mir doch ein wenig abwegig.“

„Nicht nur die ungewöhnliche Sache mit dem Vogel, auch einige andere Spuren lassen eindeutig auf gewaltsames Handeln schließen“, fuhr Zacher mit seiner Erklärung fort.

„Genaueres zum Tatvorgang zu sagen wäre aber noch zu früh.“

„Wie viel zu früh?“, wollte der Hauptkommissar wissen.

„Mensch, Markowitsch“, seufzte Alfred Zacher. „Wir sind doch keine Hexenmeister. Zwar versuchen wir ab und an etwas zu zaubern, wenn dies die Umstände erfordern, aber Wunder dauern gewöhnlich etwas länger.“

„Irgendeinen Zeitraum werden sie uns doch sagen können, Zacher."

Robert Markowitsch wackelte mit seinem erhobenen Daumen.

„Na ja", bekam er zur Antwort. „So wie es da drin aussieht, sagen wir mal etwa eine Stunde, eventuell eineinhalb."

„Gute Antwort, Zacher", lächelte Markowitsch. Sodann packte er seinen jungen Kollegen am Ärmel.

„Das gibt uns wenigstens die Gelegenheit, Neumann, dass ich doch noch zu meinem Cappuccino komme. Wenn auch nicht unter den geplanten Umständen. Betrachten sie sich hiermit als eingeladen."

„Gute Idee", stimmte Peter Neumann zu. „Mein Kaffee geht mir heute sowieso noch ab."

Zum Kollegen der Kriminaltechnik gewandt fügte Markowitsch noch hinzu:

„Wir sind in einer guten Stunde zurück, Zacher. Sollten sie früher als erwartet interessante Neuigkeiten haben, meine Handynummer kennen sie ja."

Damit zog er Peter Neumann am Arm mit sich in Richtung seines Dienstwagens.

Als er seinen Schlüssel aus der Tasche holte, hörte er Alfred Zacher nochmal rufen.

Drah di net um summte Neumann leise vor sich hin, da er in diesem Moment um seine Einladung zum Kaffee fürchtete.

„Könnten sie liebenswürdigerweise an die arbeitende Bevölkerung denken und eventuell ein Stück Kuchen mitbringen?", fragte Alfred Zacher mit säuselndem Unterton.

„Ich werde sehn was ich für sie tun kann", grinste der Hauptkommissar.

Mit diesen Worten stiegen er und Pit Neumann in den Wagen und fuhren in Richtung Rainer Innenstadt.

12. Kapitel

Auf dem Parkplatz unmittelbar vor dem Gebäude der Rainer Stadtsparkasse hatte Robert Markowitsch seinen Wagen abgestellt.

Nur ein paar Meter weiter saß er nun Peter Neumann gegenüber am Tisch vor einem kleinen Café.

Während er das Muster aus dem Milchschaum seines Cappuccinos löffelte, steckte sich sein Kollege ein Stück Kuchen in den Mund.

Schweigend genossen die beiden Beamten die ruhigen Minuten, die sich ihnen unerwartet dargeboten hatten.

Von einem der Nebentische konnte Markowitsch kurz darauf eine für ihn interessante Unterhaltung verfolgen.

„Die alte Gebinger?“, fragte jemand seinen Tischnachbarn.

„Ja“, kam die Antwort. „Die haben sie heute Vormittag aus dem Lech gefischt. Der junge Frei und seine Freunde sollen sie angeblich beim Spielen am Lechufer entdeckt haben.“

„Wenn da mal nicht dieser Nichtsnutz von Enkel dahinter steckt“, kam es zurück.

„Seit der Harry aus dem Knast in Niederschönenfeld raus ist, kriegt der doch keinen Fuß mehr auf den Boden.“

„Na ja“, meinte der Angesprochene. „Wer will sich denn auch schon gern mit einem ehemaligen Knacki abgeben.“

Interessant dachte sich der Hauptkommissar und richtete seinen Blick auf den Kollegen.

Peter Neumann hatte die Unterhaltung scheinbar auch vernommen, denn er sah seinen Vorgesetzten mit hochgezogenen Augenbrauen an.

„Da haben wir ja schon unsere ersten Zeugen, wenn auch nur durch einen Zufall", sprach er leise lächelnd zu seinem Gegenüber.

„Und somit wissen sie auch schon, womit sie sich ab Montag beschäftigen können, Neumann", antwortete Markowitsch.

Der Augsburger Kripochef deutete auf ein Wahlwerbeprospekt, das scheinbar jemand auf dem Nachbartisch liegen gelassen hatte.

Das Konterfei des Rainer Bürgermeisters mit einem Wahlslogan war zu erkennen.

„Immer die richtige Wahl", murmelte Robert Markowitsch vor sich hin.

„Was meinten sie?", fragte Peter Neumann nach, der die Worte seines Vorgesetzten nur undeutlich vernommen hatte.

„Nur, dass auf Grund der anstehenden Wahlen wohl einige Herrschaften ab heute Abend oder spätestens morgen Früh, wenn die Geschichte bekannt ist, ziemlich ins Schwitzen kommen werden", antewortete Markowitsch.

„Eine Leiche mitten im Endspurt des Wahlkampfs scheint mir nicht gerade vorteilhaft."

„Sehe ich ganz genauso", pflichtete Peter Neumann bei.

„Gut", gab Markowitsch die Order. „Dann besorgen sie mir alle Informationen, die sie über die

Tote und ihren Enkel bekommen können.“

„Sollte kein allzu großes Problem darstellen, Chef“, meinte der Angesprochene.

„Sie kennen doch mein Baby inzwischen. Ich muss es nur mit einigen Informationen füttern, das Weitere dürfte in diesem Fall relativ unkompliziert sein.

Nachdem dieser Harry ja scheinbar eingesessen hat, sollte sich alles Wissenswerte darüber in unserem Archiv befinden.“

„In diesem Fall lobe ich mir die elektronische Welt“, gab Robert Markowitsch seinem Kollegen gegenüber zu.

„Ich brauche keine Aktenberge zu wälzen und sie dürfen mal wieder ihre Stärken ausspielen.“

„Dazu braucht es keine sehr großen Kenntnisse“, meinte Pit Neumann lächelnd.

„Die Hauptarbeit erledigt das System von selbst. Man muss ihm eben nur mitteilen, wonach es suchen soll.“

„Mag sein“, bestätigte Markowitsch die Aussage Neumanns, blickte kurz auf seine Uhr, um anschließend seine Tasse mit einem letzten Schluck zu leeren.

„Allerdings müssen diese ja auch irgendwie da hinein gekommen sein.

So viel weiß selbst einer wie ich, der sich mit dem Thema EDV nicht gerade auf einer Wellenlänge befindet.“

„Da dürfen sie sich ganz auf mich verlassen, Herr Hauptkommissar“, meinte Peter Neumann, schob das letzte Stück Kuchen in den Mund und trank seinen Kaffee ebenfalls aus.

Die beiden Beamten stellten das Geschirr auf das kleine Tablett und erhoben sich fast gleichzeitig von ihren Plätzen.

„Zacher und seine Leute dürften jetzt fertig sein“, sagte Markowitsch. „Ihr Kuchen war ok?“

„Ja, lecker“, gab Neumann zurück.

„Na, dann wollen wir den Kollegen doch mal was Gutes tun“, sprach der Hauptkommissar lächelnd, zog seinen Autoschlüssel hervor und hielt ihn Neumann entgegen.

„Gehen sie schon mal zum Wagen, Neumann. Ich nehme noch kurz ein paar süße Stückchen mit. Nicht dass uns Zacher und seine Mannen vom Fleisch fallen.“

Markowitsch griff sich das Tablett und begab sich in das Café.

Peter Neumann ging inzwischen Richtung Parkplatz, wobei er gut gelaunt den Autoschlüssel in die Luft warf und wieder auffing.

Schließlich kam es nicht allzu oft vor, dass er in den Genuss kam, sich hinter das Steuer der Limousine seines Chefs zu setzen.

Nachdem Markowitsch kurze Zeit später auf dem Beifahrersitz Platz genommen hatte, lenkte Peter Neumann das Fahrzeug langsam stadtauswärts.

Als sie wieder am Haus von Erna Gebinger angekommen waren, verstaute Alfred Zacher gerade mit seinen Kollegen die restlichen Gegenstände in ihren Fahrzeugen.

„Schon ganz fertig?“, fragte der Hauptkommissar

etwas verwundert den Leiter der Spurensicherung.

„So gut wie", meinte Zacher grinsend und deutete auf das kleine Paket in Markowitsch's Hand. „Eigentlich warten wir nur noch auf den Kuchen."

Der Chef der Augsburger Mordkommission legte das mitgebrachte Päckchen auf der Motorhaube von Zachers Dienstwagen ab, worauf dieser sogleich vorsichtig das Papier entfernte.

„Mmhh, Zwetschgendatschi", lobte er. „Gute Wahl, Markowitsch, gute Wahl."

Alfred Zacher winkte seinen Kollegen und deutete an, sich ebenfalls zu bedienen.

„Dann dürfen wir also davon ausgehen, dass sie uns etwas Interessantes zu erzählen haben, Herr Zacher?", meldete sich Peter Neumann fragend dazwischen.

„Geduld, junger Freund, Geduld", antwortete der Angesprochene zwischen zwei Bissen.

Nachdem er den Rest seines Kuchenstückes hinuntergeschluckte hatte, sprach er weiter:

„Wir haben diverse Fingerabdrücke sichergestellt. Zudem scheint es zumindest ein größeres Handgemenge gegeben zu haben. Das schließen wir aus den zum Teil kaputten Gegenständen sowie dem beschädigten Vogelkäfig.

Die auf der Tischplatte festgestellten Spuren deuten darauf hin, dass es sich hierbei um Speichelreste handeln dürfte.

Ich gehe also mal im Moment davon aus, dass Erna Gebinger in ihrem Wohnzimmer erwürgt und anschließend weggebracht wurde."

Alfred Zacher deutete auf das Fahrzeug seiner

Kollegen.

„Wenn wir das restliche Zeug am Montag untersucht haben, kriegen sie ihren Bericht, meine Herren. Bis dahin sollte auch die Obduktion abgeschlossen sein, nur um ihrer nun sicherlich anstehenden Standardfrage zuvor zu kommen, Markowitsch."

„Na, das war doch mal wieder eine präzise Aussage, mein lieber Zacher", grinste Robert Markowitsch und reichte dem Kollegen die Hand.

„Dann wünsche ich uns allen wenigstens einen erholsamen Sonntag."

Der Hauptkommissar hob grüßend die Hand in Richtung der Kollegen, um anschließend zurück nach Augsburg zu fahren.

Wenigsten den kleinen Rest seines so akut versauten Wochenendes wollte er noch genießen.

13. Kapitel

Als Maximilian Kanter an diesem Samstagnachmittag sein Büro im Rathaus betrat, hatte sich die Nachricht vom Tode Erna Gebingers bereits wie ein kleines Lauffeuer in Rain am Lech herumgesprochen.

Kein Wunder, denn schließlich waren es drei Jugendliche die sie am Ufer des Lechs entdeckt hatten.

Der Rainer Bürgermeister wollte noch einmal seine Rede für eine am Abend stattfindende Wahlveranstaltung durchgehen, als sich die Türe zu seinem Amtszimmer öffnete.

Kanter blickte erstaunt auf den jungen Mann, der unaufgefordert den Raum betrat.

„Was wollen sie hier, Zeller?“, fragte er nach einigen Sekunden des Überlegens. „Wie kommen sie überhaupt hier herein?“

„Durch die offene Türe, um den zweiten Teil ihrer Frage zu beantworten“, sprach Harry Zeller selbstbewusst lächelnd, als er vor dem Schreibtisch stehen geblieben war.

Maximilian Kanter betrachtete sich den vor ihm Stehenden mit einem zunächst zweideutigen Gefühl in der Magengegend und versuchte den Grund für dessen überraschendes Erscheinen aus seinem Gesicht zu lesen.

Harry Zeller bemerkte trotz seiner Naivität sehr wohl, dass das Rainer Stadtoberhaupt nervös wurde, unsicher wirkte.

Mit einem Grinsen zeigte er seine nikotinverfärbten Zähne.

„Ich will ihnen einen Vorschlag machen, Kanter“, begann er, dem Bürgermeister den Grund seines Besuchs zu erläutern.

Maximilian Kanter war professionell und erfahren genug, um seine anfängliche Unsicherheit sehr schnell wieder im Griff zu haben.

Er lehnte sich in seinem Sessel zurück, und drehte mehrmals seinen Kugelschreiber zwischen den Händen.

„Was sollte ich für eine Veranlassung haben, mir irgendwelche Vorschläge von einem ehemaligen Sträfling anzuhören?“, fragte er mit herablassendem Ton.

Harry Zeller merkte, dass ihn der Bürgermeister scheinbar nicht für voll nahm. Er stützte sich mit beiden Händen auf der Schreibtischplatte ab.

Der Blick aus seinen Augen, mit denen er den gegenüber sitzenden Mann nun ansah, wurde hart.

„Ich kann mir denken was sie von mir halten, Kanter. Der kleine Harry Zeller, ein ehemaliger Knacki. Was könnte der mir schon anbieten.“

Harry richtete sich wieder auf, trat zwei Schritte vom Schreibtisch zurück und verschränkte die Arme vor seinem Oberkörper.

„Aber ich sage ihnen eins, Kanter: ich kann mir denken was sie haben wollen. Nur im Gegensatz zu ihnen weiß ich auch, wie sie es bekommen könnten.“

Die Augen Maximilian Kanters verengten sich, doch nach wie vor gab er sich selbstsicher.

„Wie kommen sie in den Irrglauben, dass ich etwas von ihnen haben will, Zeller?", fragte er.

Die provozierende Ruhe in der Stimme des Bürgermeisters brachte Harry Zeller langsam aber sicher auf die Palme.

„Sie können mich für dumm halten, Herr Kanter. Aber glauben sie bloß nicht, dass Harry Zeller auf den Kopf gefallen ist", blaffte er mit einem Mal los und tippte sich dabei mit ausgestrecktem Zeigefinger an den Kopf.

„Es war kein Zufall, dass ich gestern Abend so plötzlich bei meiner Großmutter aufgetaucht bin.

Ich habe sie beobachtet. Selbst ein Idiot würde sich seine Gedanken darüber machen, warum der Bürgermeister so spät abends noch bei einer alten Frau auf der Matte steht."

Nur ein genauer Beobachter hätte in diesem Moment das unmerkliche Zusammenzucken Maximilian Kanters bemerkt.

Dennoch meinte dieser unbeirrt:

„Ach kommen sie, Harry. Sie wissen doch ganz genau, dass ich ihrer verehrten Frau Großmutter lediglich einen Höflichkeitsbesuch zu ihrem Geburtstag abgestattet habe."

Er richtete sich aus seiner zurückgelehnten Position wieder gerade in den Sessel und legte seinen Kugelschreiber zurück auf den Schreibtisch.

„Selbstverständlich nehme ich als Politiker und Vertreter der Stadt Rain im Vorfeld der anstehenden Wahl einen solchen Besuch auch zum Anlass, um die Stimme von Frau Gebinger zu werben."

Harry Zeller wurde langsam wütend über das Amtsdeutsch des Bürgermeisters.

„Verschonen sie mich mit ihrem blöden Politikergeschwafel, Kanter", meinte er.

„Dann sollten sie endlich mal zur Sache kommen, Zeller. Ich habe in meiner knappen Zeit Wichtigeres zu tun, als mir das fantasievolle Gefasel eines ehemaligen Sträflings anzuhören", reagierte nun auch der Rainer Bürgermeister etwas ungehalten, indem er sich von seinem Platz erhob und halb nach vorne gebeugt mit der flachen Hand auf die Schreibtischoberfläche schlug.

Wieder stützte sich Harry Zeller mit beiden Armen auf den Tisch. Auch beugte er sich dabei nach vorn, sodass zwischen seinem Gesicht und dem Maximilian Kanters nur wenige Zentimeter Abstand lagen.

„So sprechen sie nicht mit mir, Kanter", schrie er, wobei sein Kontrahent auf Grund des schlechten Atems augenblicklich etwas angewidert zurück wich.

„Tote können nämlich nicht wählen", zischte Harry mit einem bösen Lächeln. „Und der Tod ist eine schlechte Wahl."

Mit diesen Worten, über die er selbst erstaunt war, trat Harry Zeller wieder vom Schreibtisch zurück.

Erstaunt, oder besser gesagt erschrocken war allerdings auch der Rainer Bürgermeister über das eben Gehörte.

„Ihre Großmutter ist tot?", sprach er sichtlich geschockt seine Frage aus.

„Sie wussten das noch nicht?", meinte Harry erstaunt mit einer Gegenfrage. Er griff sich einen Notizzettel aus einem kleinen Behälter vom Schreibtisch und kritzelte einige Zahlen darauf.

„Halb Rain spricht doch schon darüber“, meinte er, als er den Zettel mit einer lässigen Handbewegung vor Maximilian Kanter ablegte und noch hinzufügte:

„Rufen sie mich an, wenn sie mir ein Angebot machen wollen, Kanter.“

Urplötzlich kalkweiß im Gesicht ließ sich Kanter schwer in seinen Sessel zurück fallen.

Er ahnte schon jetzt, dass der morgige Sonntag zum Spießrutenlauf werden würde.

14. Kapitel

Am Montagmorgen betrat Robert Markowitsch gerade sein Büro der Augsburger Kriminalpolizeiinspektion, als nur kurze Zeit später auch schon Peter Neumann nach einem kurzen Anklopfen ins Zimmer kam.

„Guten Morgen, Chef", begrüßte er seinen Vorgesetzten. „Angenehmen Sonntag gehabt?"

„Wie man's nimmt, Neumann. Guten Morgen", brummte der Leiter der Mordkommission zurück. „Auf alle Fälle hatte ich mir das Wochenende etwas erholsamer vorgestellt. Kaffee?", fragte er.

„Danke, nein", lehnte Peter Neumann ab. „Ich hatte schon."

„Auch gut", meinte Markowitsch. „Also kurze Lagebesprechung über das weitere Vorgehen."

„Hatten wir doch Samstagnachmittag bei Kaffee und Kuchen schon erörtert", grinste der junge Kommissar und wedelte mit einer Aktenmappe.

„Hier sind die Ausdrucke aus dem Register des Einwohnermeldeamtes. Sie enthalten alle bekannten Informationen über Franz und Erna Gebinger, sowie über ihre Tochter Johanna, deren Ehemann Werner Zeller und letztendlich deren Sohn Harald."

„Sie konnten wohl letzte Nacht nicht schlafen Neumann?", fragte der Hauptkommissar mit hochgezogenen Augenbrauen.

„Frühaufsteher", antwortete Neumann. „Wissen sie doch."

„Ach ja", sagte Markowitsch nur und deutete dabei auf die Akte in der Hand seines Kollegen. „Dann sollte ich mir dies jetzt wohl erst einmal zu Gemüte führen, oder?“, fragte er mit zweideutigem Unterton.

„Ich könnte sie allerdings auch in groben Zügen über das Notwendigste unterrichten“, meinte Peter Neumann. „Somit könnten wir wertvolle Zeit für unsere Ermittlungen sparen.“

„Ich bin immer wieder auf das Angenehmste überrascht was ihre Kombinationsgabe anbelangt, Neumann“, grinste Robert Markowitsch, indem er hinter seinem Schreibtisch Platz nahm.

„Also gut, schießen sie los.“

Nachdem Peter Neumann seinen Chef mit den wichtigsten Eckdaten über die besagten Personen versorgt hatte, legte er den Aktenordner auf dem Schreibtisch des Hauptkommissars ab.

„Im Grunde genommen also nichts Besonderes“, meinte dieser nachdenklich. „Abgesehen vom Auszug aus dem Bundeszentralregister über den jungen Zeller.

Dieser Harry scheint mir ja nicht nur ein kleiner Gauner zu sein, Neumann. Um einen solchen Überfall durchzuführen bedarf es schon einer gewissen Planung.

Da kann man durchaus eine entsprechend kriminelle Veranlagung zugrunde legen. Wir sollten uns den jungen Mann auf jeden Fall etwas näher betrachten.“

„Geht klar Chef. Ich werde mich darum kümmern. Halten sie eine offizielle Vorladung gleich für notwendig, oder soll ich …“

„Nein, Neumann", unterbrach Markowitsch den Gedanken seines EDV-Spezialisten. Er wusste genau, auf was dieser anspielte.

„Heben sie sich ihre Schnüffeleien in fremden Computersystemen für später auf."

„Wieso Schnüffeleien?", meinte Pit Neumann etwas pikiert. „Sind schließlich alles behördeneigene Informationen. Da ist nichts Unrechtes an meinen Recherchen."

„Das wohl nicht", gab Robert Markowitsch zu. „Nur die Art und Weise wie sie ohne offizielle Anfragen an die entsprechenden Behördenstellen zu diesen Informationen kommen, das liegt mir immer etwas im Magen."

„Aber der Oberstaatsanwalt hat bis jetzt doch immer recht positiv auf die schnellen Ergebnisse unserer Ermittlungen reagiert", rechtfertigte der Beamte sein Vorgehen.

„Schon", meinte Markowitsch. „Aber auch nur, weil ich stets meine schützende Hand über sie gehalten habe, Neumann."

„Wofür ich auch sehr dankbar bin, Herr Hauptkommissar", meinte der Angesprochene. „Der Erfolg bestätigt uns und den Kollegen doch diese Vorgehensweise."

Markowitsch winkte ab.

„Lassen sie es gut sein, Neumann", brach er das Thema ab. „Sagen sie mir lieber, ob sich Zacher schon gemeldet hat. Mich würde das Ergebnis der Obduktion interessieren."

„Keine Ahnung", antwortete Peter Neumann. „Ich werde mich aber gleich mal mit den Kollegen der KTU in Verbindung setzen."

„Tun sie das, Neumann. Das gibt mir Gelegenheit zum Nachdenken und dazu brauche ich einen Kaffee."

Robert Markowitsch erhob sich von seinem Sessel und ging hinüber an das kleine Sideboard, um sich eine Tasse einzuschenken.

15. Kapitel

Der Bürgermeister der Stadt Rain saß am Montagmorgen nachdenklich und äußerst nervös hinter dem Steuer seines Dienstwagens.

Am Samstagnachmittag hatte er nach dem Besuch von Harry Zeller unter einem Vorwand alle Termine für das Wochenende abgesagt und sich in seinem Haus verschanzt.

Alle in Rain am Lech kursierenden Informationen über den Tod von Erna Gebinger holte er sich telefonisch über seine entsprechenden Kontakte.

Den Rest des Sonntags verbrachte er damit, sich mit seiner ziemlich prekären Situation in der ganzen Geschichte auseinanderzusetzen.

Letztendlich kam er zu dem Entschluss, dass es wohl sinnvoller wäre, seine Position in der Öffentlichkeit nicht zu gefährden und in gewisser Weise die Flucht nach vorne anzutreten.

Als er seinen Wagen gegenüber dem Rathaus abgestellt hatte, richtete sich sein Blick auf das Gebäude der Rainer Polizeiinspektion.

Nachdenklich betrachtete er sich das direkt davor stehende Denkmal des Grafen Tilly.

Er verglich in Gedanken seine eigene Situation mit dem Ende des bayerischen Feldherrn von 1632, über das er als Bürgermeister dieser Stadt natürlich Bescheid wissen musste.

Tilly starb an den Folgen seiner Verwundung bei der Verteidigung des Lechübergangs bei Rain.

Eine Falkonettkugel zerschmetterte ihm damals

seinen rechten Schenkel. Dem Wundstarrkrampf als Folge dieser Verletzung erlag er nur wenig später in Ingolstadt.

Du hast deine Schlacht bei uns damals verloren sprach er in Gedanken zu sich selbst. *Ich werde es zu verhindern wissen, dass mich das gleiche Schicksal ereilt.*

Entschlossen schritt Maximilian Kanter auf das Polizeigebäude zu und betrat wenig später das Büro der diensthabenden Beamten.

16. Kapitel

Es gab Momente in seiner beruflichen Laufbahn, da würde Robert Markowitsch am liebsten in Pension gehen. Genau jetzt, an diesem Montag, da war mal wieder so einer.

Der Chef der Augsburger Kripo saß mit seiner dampfenden Kaffeetasse am Schreibtisch und sinnierte vor sich hin.

Eines seiner sowieso schon wenigen freien Wochenenden war ihm mal wieder gründlich versaut worden. Und wie das nun mal so ist, wenn man wie er mit Leib und Seele in seinem Beruf als Kriminalhauptkommissar aufgeht, lässt einem ein ungeklärter Fall selten eine ruhige Minute.

Markowitsch leerte seinen Kaffee mit einem tiefen Schluck und starrte auf den Boden der Tasse, gerade so, als suche er dort nach einem entscheidenden Hinweis, der ihn in seinem aktuellen Fall weiterbringen könnte.

Na ja, dachte er bei sich. *Vielleicht bringt uns ja das Ergebnis aus der KTU einen Schritt weiter.*

Er sah auf seine Uhr und überlegte, wie lange der Kollege Neumann wohl noch brauchen würde, bis er sein Telefonat erledigt hätte, als sich auch schon nach einem kurzen Anklopfen die Tür zu seinem Büro öffnete.

Allerdings war es nicht Peter Neumann, sondern Frank Berger, der leitende Oberstaatsanwalt der mit fröhlichem Grinsen und einem Gutenmorgengruß den Raum betrat.

Du hast mir gerade noch gefehlt dachte sich Markowitsch etwas missmutig, da er bis jetzt noch mit keinen neuen Erkenntnissen aufwarten konnte.

Frank Berger schloss die Tür hinter sich, trat an Markowitsch's Schreibtisch heran und nahm unaufgefordert auf einem der beiden davor stehenden Stühle Platz.

„Na, mein lieber Markowitsch, was können sie mir denn für Neuigkeiten mitteilen?", hörte der Hauptkommissar die Frage seines unerwarteten Besuchers.

Du mich auch dachte er sich und blickte zur Bürotür, in der Hoffnung, dass diese sich öffnen und Peter Neumann endlich mit positiven Ergebnissen herein kommen würde.

Doch nichts dergleichen trat ein.

Frank Berger sah den Leiter der Augsburger Kripo für einige Sekunden schweigend an, bevor er meinte:

„Sieht mir ja fast so aus, als hätten sie eine schlaflose Nacht hinter sich."

Robert Markowitsch hob den Blick von seiner Tasse und die beiden Beamten betrachteten sich stillschweigend.

Die Äußerung, die Markowitsch in diesem Augenblick schon auf den Lippen hatte, blieb jedoch unausgesprochen, da das Läuten des Telefons die beiden Männer aus ihren Gedanken riss.

Ein Blick auf das Display des Apparates zeigte dem Hauptkommissar, dass es sich um einen externen Anrufer handelte, der von der Zentrale durchgestellt wurde.

„Markowitsch“, meldete er sich nur knapp mit einem Wort und erwartete die Antwort seines Gesprächspartners.

Oberstaatsanwalt Frank Berger erhob sich nach dem Läuten des Telefons von seinem Platz und bediente sich zwischenzeitlich an der Kaffeemaschine.

Als er den ersten Schluck der schwarzen Flüssigkeit aus seiner Tasse nahm, betrachtete er sich über deren Rand hinweg Robert Markowitsch.

Dessen Gesichtszüge änderten sich von einer anfänglichen Niedergeschlagenheit, so hatte es Frank Berger kurz nach seinem Eintreten gedeutet, in das von ihm bei Markowitsch gewohnte dienstliche Interesse.

Nachdem der Hauptkommissar kurz darauf den Hörer auf das Telefon zurücklegte, wollte sich Frank Berger wieder setzen.

Markowitsch jedoch erhob sich in diesem Augenblick von seinem Platz und meinte:

„Tut mir leid, dass ich ihnen die Zeit für ihren Morgenkaffee nicht gönnen kann, Berger.

Aber nachdem Neumann anscheinend noch keine Neuigkeiten von der KTU hat, dürfen sie mich nach Rain begleiten.“

„Sie machen Witze, Markowitsch“, antwortete Frank Berger sichtlich überrascht von der Aussage des Hauptkommissars.

„Ich habe einen dringenden Termin mit der Presse und keine Zeit, mit ihnen spazieren zu fahren. Die Herrschaften haben mehrfach versucht, mich übers Wochenende wegen dieser Geschichte zu erreichen.

Irgendetwas muss ich denen jetzt mitteilen, bevor wir wieder in Spekulationen ertrinken."

Robert Markowitsch war schon fast an seiner Bürotür, als er antwortete.

„Dann verschieben sie den Termin eben auf später. Ich gehe nach dem Telefonat von eben aus, dass noch ein paar Kleinigkeiten für die Pressefritzen dazu kommen werden."

„Ach ja?", meinte Berger neugierig, indem er seine Kaffeetasse auf dem Schreibtisch abstellte.

„Dann will ich aber mal in ihrem eigenen Interesse hoffen, dass sich das auch rentiert, Markowitsch. Schließlich darf ich letztendlich wieder dafür geradestehen."

Der Leiter der Augsburger Kripo jedoch winkte die Antwort Frank Bergers nur mit einer kurzen Handbewegung ab und deutete diesem mehrfach an, ihm zu folgen.

„Na schön", gab sich dieser seufzend geschlagen und folgte dem Kriminalbeamten.

Als er Robert Markowitsch über den Gang folgte, öffnet sich die Tür zu Peter Neumanns Büro und Markowitsch‘s EDV-Spezialist kam heraus.

Etwas überrascht darüber, dass er zu dieser Zeit hier schon Frank Berger begegnete, blieb Peter Neumann kurz in der offenen Tür stehen.

Mit einem kurzen Blick nach links erkannte er seinen Vorgesetzten, der ihm vor dem Durchgang zum Treppenhaus den Rücken zukehrte.

„Guten Morgen Herr Oberstaatsanwalt", grüßte er den Mann, der ihm gleich darauf im Vorbeigehen die Hand reichte.

„Guten Morgen Herr Neumann", grüßte Berger zurück und deutete auf Robert Markowitsch. „Tut mir leid, wir sind etwas in Eile."

Als der Hauptkommissar den Namen seines Kollegen vernahm, hielt er kurz inne, drehte sich um und kam zu den beiden Männern zurück.

„Wir sind auf dem Weg nach Rain, Neumann", sagte er nur kurz angebunden.

„Die Kollegen dort haben scheinbar interessante Neuigkeiten für uns."

„Oh", antwortete der junge Kommissar. „Ich wollte gerade zu ihnen, um sie über die ersten Ergebnisse der kriminaltechnischen Untersuchung zu informieren."

„Später, Neumann, später", winkte Markowitsch ab. „Oder gibt es etwas Durchschlagendes?

Ihrer Gesichtsfarbe nach könnte man annehmen, sie wären einem Geist begegnet."

„Wenn sie Zacher als Geist bezeichnen, trifft das wohl zu, Chef", meinte Neumann. „Ich werde diese Pathologen nie begreifen."

„Sie sprechen wieder mal in Rätseln, Neumann. Kommen sie auf den Punkt, wir müssen weg."

Peter Neumann schluckte einmal kräftig, bevor er weiter sprach:

„Zacher und seine Kollegen sind mit ihren Untersuchungen zwar noch nicht ganz durch, allerdings schilderte er mir in allen makabren Details live am Telefon, dass er gerade das Ergebnis der Todesursache herausgefunden hat."

Um die Wirkung des Telefongesprächs auf ihn

zu unterstreichen, deutete Peter Neumann gegenüber Markowitsch und Frank Berger mit der rechten Hand einen Würgereiz an.

Robert Markowitsch grinste spitzbübisch.

„Ja, Neumann, das habe ich auch schon mal erleben dürfen. Zacher mag es nicht, wenn ungeduldige Beamte ihn beim Sezieren stören. Da lässt er den Anrufer gerne mal bildlich an seiner Arbeit teilhaben.

Was war denn nun die Todesursache?“

Pit Neumann schüttelte sich einmal kurz wie ein nasser Pudel, als er versuchte, Alfred Zachers Schilderungen wiederzugeben.

„Massive Quetschungen am Hals im Bereich des Kehlkopfes lassen darauf schließen, dass ein gewaltsamer Tod durch Ersticken herbeigeführt wurde.

Da Zacher aber seine Arbeit sehr genau nimmt, war er bei meinem Anruf dabei, noch die Atemwege zu untersuchen.

Dazu hatte er gerade einen Lungenlappen durchschnitten und in den Kanälen der Luftröhre festgestellt, …“

Hauptkommissar Robert Markowitsch verzog etwas angewidert sein Gesicht, als er seinen Kollegen unterbrach.

„Danke, Doktor Neumann. Ersparen sie uns die weiteren Details von Zachers Fachsimpelei. Das Endergebnis genügt mir völlig.“

Jetzt wäre es an Peter Neumann gewesen zu grinsen. Doch er verzichtete angesichts der Mitteilung Alfred Zachers darauf.

„Die Untersuchung hat ergeben, dass sich in der

Luftröhre kleine Gefiederreste befunden haben.

Erna Gebinger ist also erstickt. Ob jetzt letztendlich durch den Würgegriff oder die Tatsache, dass man ihr gewaltsam den Beo in den Mund gestopft hat, konnte Zacher noch nicht genau sagen.

Bis zum Abschluss der kriminaltechnischen Untersuchung wird es noch etwa bis Mittag dauern."

„Dann reden wir später", gab Markowitsch zurück. „Wir müssen los.

Allerdings könnten sie mir bis zu unserer Rückkehr alles über einen Maximilian Kanter aus Rain am Lech heraussuchen. Sie wissen schon: die üblichen Informationen eben."

Oberstaatsanwalt Frank Berger, der den kurzen Dialog zwischen den beiden Kollegen verfolgt hatte, hielt den sich wieder umdrehenden Robert Markowitsch am Arm zurück.

„Was wird hier gespielt, Markowitsch?", fragte er.

„Zuerst dieses ominöse Telefonat, seitdem sie so aufgedreht scheinen und nun eine Ermittlung gegen den Rainer Bürgermeister?

Ich wünsche auf der Stelle eine plausible Erklärung von ihnen. Ansonsten werden wir nirgendwo hin fahren."

„Nun kriegen sie sich mal wieder ein, Berger", versuchte Robert Markowitsch den Oberstaatsanwalt zu beruhigen.

„Niemand hat hier vor, gegen den Bürgermeister zu ermitteln. Jedenfalls jetzt noch nicht", fügte er etwas leiser hinzu.

„Weshalb dann diese Anweisung an ihren Kollegen?", setzte Frank Berger nach.

„Routine, reine Routine", lächelte der Hauptkommissar.

„Sie kennen das doch, Berger. Also kommen sie endlich."

Mit diesen Worten zog er Frank Berger am Arm hinter sich her in Richtung Treppenhaus.

„Machen sie sich und mich bloß nicht unglücklich. Da sehe ich doch schon wieder politische Verwicklungen auf mich zukommen", redete der Oberstaatsanwalt auf Markowitsch ein.

17. Kapitel

Nachdem Alfred Zacher seine Arbeit am Leichnam Erna Gebingers beendet und seinen Arbeitsplatz gereinigt hatte, begab er sich umgehend in sein Büro, um das Diktiergerät mit den Untersuchungsergebnissen für das Protokoll abzulegen.

Im Anschluss daran suchte er die Räumlichkeiten auf, in denen seine Kolleginnen und Kollegen alle vom Tatort mitgenommenen Gegenstände unter die sprichwörtliche Lupe genommen hatten.

Zufrieden stellte er wieder einmal fest, dass sein Team sehr gute Arbeit geleistet hatte.

Soweit er dies auf den ersten Blick feststellen konnte, war alles beanstandungslos aufgenommen und analysiert worden.

Alfred Zacher nahm die ihm von einem Kollegen gereichten Ergebnisunterlagen entgegen.

„Danke, meine Herrschaften. Sieht mir wie immer nach einer guten Arbeit aus."

„Klar, Chef", bekam er zur Antwort. „Man hat ja so seine Erfahrungen.

Am Vogelkäfig und dem alten Tonbandgerät mit den Bändern sind wir noch dran.

Das kann allerdings noch ein Weilchen dauern. Ist ja nicht nur eine Hand voll.

Sobald wir durch sind bekommen sie Bescheid. Sollte etwas Wichtiges dabei sein, melden wir uns natürlich umgehend."

„Gut", meinte Alfred Zacher. „Danke. Dann bereite ich schon mal einen vorläufigen Bericht an die Augsburger Kollegen vor."

Als er wenig später zurück in seinem Büro die Schriftstücke sichtete kam er zu dem Schluss, dass der Leiter der Augsburger Kriminalpolizei mit diesen Ergebnissen zwar zufrieden sein würde, ihn diese aber wohl nicht entscheidend weiterbringen würden.

Todesursache und Zeitpunkt hatte er bereits telefonisch an Markowitsch's Assistenten durchgegeben.

Interessant in seinen Augen würde für Hauptkommissar Markowitsch aber die Tatsache sein, dass am Tatort außer den Fingerabdrücken der Toten noch die von zwei weiteren Personen gefunden wurden.

Dies war durchaus ein Indiz dafür, den oder die Täter zu identifizieren, vorausgesetzt, man würde Vergleichsabdrücke bekommen.

Darum jedoch mussten sich nun die Augsburger Kollegen kümmern. Zacher sah, zu diesem Zeitpunkt jedenfalls, die Arbeit der KTU vorläufig als erledigt an.

Er machte sich also nun an den für wohl jeden Beamten seiner Zunft unangenehmen Teil der Arbeit und begann damit, die ersten Ergebnisse zu Papier, oder besser gesagt auf den Bildschirm zu bringen.

Diese wollte er schnellstmöglich an die sicherlich schon ungeduldig wartenden Kollegen der Mordkommission übermitteln.

Nachdem Alfred Zacher schließlich den lästigen

Schreibkram erledigt hatte war er sich sicher, nun endlich eine wohlverdiente Kaffeepause einlegen zu können, als kurz darauf sein Telefon läutete und er eines Besseren belehrt wurde.

18. Kapitel

Kommissar Christian Frei war etwas erstaunt darüber, dass der Augsburger Hauptkommissar gleich den leitenden Oberstaatsanwalt mit nach Rain gebracht hatte.

„Das klang ja äußerst dringend, was sie mir da vorhin am Telefon geschildert haben, Herr Kollege", begrüßte Robert Markowitsch den Beamten, als er ihm die Hand reichte.

„Die Tatsache, dass unser Bürgermeister mit Erna Gebinger noch am Abend vor ihrem Tod Kontakt hatte, ist ja so kurz vor der Wahl nicht unbedingt etwas Ungewöhnliches, Herr Markowitsch.

Außerdem hatte die alte Dame ja ihren 75. Geburtstag."

Christian Frei legte eine kurze Pause ein, bevor er weiter sprach.

„Dieser war, laut Maximilian Kanters Aussage, auch der Anlass seines Besuchs bei Erna Gebinger."

„Daran kann ich aber nichts Unrechtes entdecken, Herr Frei", meldete sich nun Frank Berger zu Wort.

„Es gehört doch schließlich auch zu den Aufgaben eines Bürgermeisters, sich bei solchen Jubiläumstagen bei seinen Mitbürgern sehen zu lassen."

„Schon", gab der Rainer Kommissar dem Oberstaatsanwalt Recht.

„Allerdings stehen wir auch kurz vor den Wahlen. Als ich Herrn Kanter routinemäßig darauf ansprach, schien er mir sichtlich nervös zu werden."

„Weshalb haben sie den Mann überhaupt zur Vernehmung vorgeladen?“, wollte Frank Berger wissen, wobei er sich nun an Robert Markowitsch wandte.

„Sollte das nicht in ihren Zuständigkeitsbereich fallen?“

„Habe ich ja nicht“, rechtfertigte sich Christian Frei sogleich.

„Er kam selbst zu uns, um eventuellen Spekulationen gegenüber seiner Person vorzubeugen, wie er es selbst ausdrückte.“

„Wo befindet sich Herr Kanter jetzt?“, wollte Markowitsch wissen.

„Zwei Zimmer weiter“, kam die Antwort von Christian Frei. „In unserem Vernehmungszimmer.“

Die Stille, die nun für einige Sekunden im Raum herrschte, wurde jäh durchbrochen, als Frank Berger das Wort ergriff.

„Sie werden Maximilian Kanter augenblicklich gehen lassen, Herr Frei“, kamen die energischen Worte des Oberstaatsanwalts.

„Ihre Intuition in allen Ehren, aber nur auf Grund eines Gefühls können sie den Mann nicht so einfach hier festhalten.“

Berger lief einige Schritte im Büro auf und ab, wirkte dabei sichtlich nervös.

„Ich sehe da schon wieder kommunalpolitischen Ärger auf uns zukommen, Markowitsch“, sagte er zum Augsburger Hauptkommissar.

„Ach was“, gab Markowitsch nach einer Weile des Überlegens zurück.

„Wegen einer freiwilligen Zeugenaussage sehe

ich keinen Ärger.

Ich pflichte ihnen zwar bei, dass wir den Bürgermeister nicht unnötig lange hier behalten sollten, aber lassen wir ihn ruhig noch ein wenig schmoren."

Er trat an eines der geöffneten Fenster und blickte kurz auf die Hauptstraße hinaus. Wegen des angebrachten Gitters war sein Blickfeld jedoch etwas eingeschränkt.

Als er den Kopf zur rechten Seite drehte, sah er auf die Fassade des Rainer Rathauses.

„Ihre Stadt ist ja in den letzten Jahren hier in Bayern ziemlich bekannt geworden", sprach er anerkennend zu Christian Frei.

„Die Fernsehserie *Der Kaiser von Schexing* hat sich doch sicherlich positiv auf den Fremdenverkehr ausgewirkt."

„Na ja", gab der Rainer Kommissar etwas zögerlich zur Antwort, da er in dieser Situation überhaupt nicht mit diesem Thema gerechnet hatte.

„Anfangs kamen schon einige Touristen, um sich das Rathaus anzusehen. Dabei wurden hier ja nur die Außenszenen gedreht.

Alles andere passiert aus Kostengründen in den Fernsehstudios. Mittlerweile hat das Interesse doch merklich nachgelassen."

Christian Frei wandte sich zur Tür.

„Dann werde ich mal Herrn Kanter Bescheid geben, dass er nicht länger warten muss."

Nur wenig später kam der Beamte auch schon wieder in Begleitung von Maximilian Kanter zurück.

Dieser war im ersten Moment etwas erstaunt

über die Anwesenheit der beiden ihm bis dahin unbekannten Männer.

„Oberstaatsanwalt Berger und Hauptkommissar Markowitsch aus Augsburg, Bürgermeister Maximilian Kanter“, stellte Christian Frei die Herren untereinander vor.

„Freut mich sie kennenzulernen“, begrüßte der Rainer Bürgermeister die beiden Augsburger. „Unter anderen Umständen wäre es mir allerdings lieber gewesen.

Gar nicht auszudenken, wenn meine Wähler von dieser Geschichte Wind bekommen würden.

Sie ermitteln sicherlich in dieser schrecklichen Sache von Frau Gebinger.“

„So ist es, Herr Kanter“, gab Robert Markowitsch zur Antwort.

„Tut mir außerordentlich leid, dass sie so lange warten mussten.

Es gab noch einen kurzen Sachverhalt zu klären, da sie anscheinend einer der letzten Personen waren, die das Mordopfer noch lebend gesehen haben.“

Wie ein Wasserfall sprudelten augenblicklich die Worte aus dem Munde Maximilian Kanters.

„Genauso ist es. Wenn ich mir das nur vorstelle, dass ich kurz zuvor noch der Jubilarin zu ihrem 75. Geburtstag gratuliert habe, dann läuft es mir sprichwörtlich eiskalt den Buckel hinunter, Herr Kommissar.“

„Hauptkommissar“, berichtigte Markowitsch das letzte Wort des Rainer Stadtoberhauptes.

„Wo sie gerade den Geburtstag von Frau Gebinger ansprechen:

Ist ihnen denn während der sicherlich doch größeren Familienfeier irgendetwas Ungewöhnliches aufgefallen?

Sie wissen schon: Streitereien nach zu viel Alkohol, irgendwelche Äußerungen in Bezug auf eventuelle Erbangelegenheiten etc. So etwas soll ja in den besten Kreisen vorkommen."

Maximilian Kanter winkte nur kurz ab.

„Von wegen beste Kreise und große Familienfeier. Die alte Gebinger lebte sehr zurückgezogen in ihrem Haus. Ließ sich kaum mehr in der Stadt sehen.

Verwandtschaft hatte sie meines Wissens auch nicht mehr. Soweit ich weiß, sind sowohl ihre Tochter und ihr Schwiegersohn, als Jahre später auch ihr Mann bei tragischen Verkehrsunfällen ums Leben gekommen.

Seitdem lebte sie allein dort draußen, abgesehen von ihrem *Enkel*."

Das letzte Wort betonte der Bürgermeister so abfällig, dass es sogar einem am Gespräch nicht Beteiligten negativ aufgefallen wäre.

Nachdem sowohl Robert Markowitsch als auch Frank Berger die Augenbrauen fragend nach oben zogen, sprach Maximilian Kanter sogleich weiter.

Körperhaltung und Gestik ließen keinen Zweifel aufkommen, dass er nicht sonderlich viel von Harry Zeller zu halten schien.

„Harald Zeller ist ein ehemaliger Sträfling, der erst Mitte letzter Woche scheinbar vorzeitig aus dem Gefängnis entlassen wurde.

In meinen Augen ein unangenehmer Zeitgenosse, der schon vor seinem Raubüberfall mehr oder weniger nur von der Großzügigkeit seiner Großmutter in den Tag hinein lebte."

„Harry Zeller", meldete sich Frank Berger nachdenklich zu Wort.

„Diebstahl, versuchter Raubüberfall, Alkohol am Steuer. Geschnappt nach einer wilden Verfolgungsjagd von den Rainer Kollegen."

Robert Markowitsch horchte auf.

„Sie kennen ihn?", fragte er überflüssigerweise.

„Natürlich", antwortete der Oberstaatsanwalt. „Ich hatte das Vergnügen, ihm damals in Niederschönenfeld ein Zimmer zu besorgen."

Der Bürgermeister, der den kurzen Dialog zwischen den beiden Augsburgern verfolgt hatte, warf einen Blick auf seine Uhr und meinte:

„Sie entschuldigen mich bitte. Ich habe noch einen Termin wegen der anstehenden Wahlversammlung. Oder brauchen sie mich noch?"

Eine Antwort erwartend sah er Christian Frei an, der diese im ersten Moment jedoch schuldig blieb und die Frage stattdessen unausgesprochen mit einem Blick an die beiden Augsburger Beamten weiter gab.

Frank Berger kam dem Hauptkommissar zuvor.

„Sofern sie uns für sicherlich noch zu klärende Einzelheiten zur Verfügung stehen, spricht unserer Meinung nach wohl nichts dagegen. Oder, Markowitsch?"

Dieser nickte nur scheinbar nachdenklich mit einem zustimmenden Lächeln auf seinen Lippen.

Maximilian Kanter nahm diese Reaktion sofort zum Anlass, die Rainer Polizeiinspektion zu verlassen.

Doch wer Robert Markowitsch kannte, der wusste dieses Lächeln durchaus näher zu deuten.

„Eine Frage hätte ich noch an sie, Herr Kanter", hielt der Kripobeamte den Bürgermeister an der Bürotür zurück.

„Gerne. Vorausgesetzt es dauert nicht allzu lange", meinte dieser wieder auf seine Uhr blickend.

„Das hängt ganz allein von ihrer Antwort ab", lächelte Markowitsch selbstbewusst, wobei er eine absichtlich längere Pause einlegte.

„Wer war denn an diesem Freitagabend alles bei Erna Gebinger im Haus, um mit ihr zu feiern?"

Der Hauptkommissar heftete seinen Blick intensiv auf die Gesichtszüge des Rainer Bürgermeisters.

In seiner langjährigen Erfahrung bemerkte er, dass es gewaltig hinter Maximilian Kanters Fassade zu arbeiten schien.

„Nun, wie ich vorhin schon einmal erwähnte"; sprach Kanter, „wohnte die Frau alleine in ihrem Haus.

Ich war zu diesem Zeitpunkt der einzige Besucher, was mich deshalb aber nicht weiter überraschte."

„Seltsam", murmelte Robert Markowitsch nachdenklich.

„Was ist denn so seltsam an der Tatsache, dass eine Fünfundsiebzigjährige ohne Verwandte alleine in ihrem Haus lebt, Markowitsch?", fragte nun Frank Berger dazwischen.

„Sie vergessen den Enkel, verehrter Herr Staatsanwalt“, gab Markowitsch zu bedenken.

„Ich an dessen Stelle würde nach einer Entlassung aus dem Gefängnis doch versuchen, Kontakt zur scheinbar einzigen Verwandten aufzunehmen.“

Maximilian Kanter schien zunehmend nervös, als Hauptkommissar Markowitsch‘s Blick ihn bei dieser Feststellung fixierte.

„Außerdem“, sprach der Kripochef nun bewusst langsam weiter, „haben die Kollegen der KTU mehrere unterschiedliche Fingerabdrücke im Hause Erna Gebingers gefunden, was wiederum bedeutet, dass sich mehr als nur zwei Personen dort aufgehalten haben müssen.“

Der Rainer Bürgermeister sah sich in die Enge getrieben. Wie aus heiterem Himmel schien ihm plötzlich noch etwas einzufallen.

„Richtig“, sagte er plötzlich und schnippte dabei mit den Fingern seiner rechten Hand wie von einer Eingebung heimgesucht.

„Ich erinnere mich, dass dieser Harry Zeller mit einem Mal in der Wohnung stand als ich gerade wieder gehen wollte.“

„Ach ja?“, fragte Markowitsch langgezogen. „So ganz plötzlich? Ohne dass sie vorher etwas von seinem Erscheinen bemerkt haben?“

„Er hatte einen Hausschlüssel, Herr Markowitsch“, sagte Maximilian Kanter wie zu seiner Verteidigung.

„Mir fällt dabei auch wieder ein, dass selbst Frau Gebinger ein wenig überrascht war, als dieser Harry mit einem Mal so unangemeldet auftauchte.“

„Das haben sie aber vorhin bei der Befragung gar nicht erwähnt, Herr Kanter", meldete sich Christian Frei zu Wort.

„Nun ja", sprach Kanter, wobei er zu seiner Entschuldigung die Schultern hob. „Habe ich in der Aufregung wohl vergessen. Tut mir leid.

Ich hatte an diesem Abend noch einige Vorbereitungen zu treffen. Die Wahlen stehen ja vor der Tür. Da geht schon mal das eine oder andere unter."

„Dann machen sie jetzt eben eine Aktennotiz", sprach Markowitsch zu seinem Rainer Kollegen „und schreiben es bei der nächsten Vernehmung mit ins Protokoll.

Außerdem würde ich diesen Harry Zeller gerne bei mir im Büro sehen."

Wieder traf sein Blick den Rainer Bürgermeister, der noch immer wie auf dem Sprung an der Tür stand und ihn fast schon empört ansah.

Robert Markowitsch blieb es nicht verborgen, dass sich Maximilian Kanters Gesicht etwas rötete als er meinte:

„Das soll aber doch sicherlich nicht bedeuten, dass sie am Ende irgendwelchen Hirngespinsten eines ehemaligen Sträflings mehr Glauben schenken als mir?"

Nun wurde Hauptkommissar Markowitsch hellhörig. Mit einer eindeutigen Handbewegung in Richtung eines Stuhls forderte er den Bürgermeister auf, sich zu setzen.

„Was sie nicht sagen", kam es überrascht aus seinem Mund. „Glauben sie denn, dieser Harry Zeller hätte irgendeinen Grund dazu, mir solche Hirngespinste, wie sie es nennen, zu erzählen?“

Widerwillig kam Maximilian Kanter der unausgesprochenen Aufforderung des Hauptkommissars nach und setzte sich noch einmal.

„Wissen sie, Herr Markowitsch“, gab er etwas kleinlaut bei, „ich habe meinen Besuch natürlich auch zum Anlass genommen, um bei Frau Gebinger um deren Stimme bei der Wahl zum Bürgermeister zu werben.“

„Aha“, kam es nun aus dem Munde von Frank Berger zurück.

Kanter drehte seinen Kopf und sah den Oberstaatsanwalt an.

„Ich kenne mich ein wenig in dieser Materie aus“, meinte Berger. „Man hat ja so seine Verpflichtungen in gewissen Kreisen.

Ich könnte mir vorstellen, dass Harry Zeller, so wie ich ihn einschätze, von ihrem Werbebesuch nicht gerade angetan war.“

„Was heißt hier nicht gerade angetan?“, antwortete Maximilian Kanter nun sichtlich erregt. „Rausschmeißen wollte mich dieser Strolch.“

„Wobei es dann vielleicht zu irgendwelchen Handgreiflichkeiten zwischen ihnen kam?“, fragte Markowitsch nach.

Kanter schluckte mit einem Mal schwer.

„In die dann, wenn auch nur versehentlich, Erna Gebinger mit hinein geriet, weil sie ihren Enkel verteidigen wollte?“, bohrte der Hauptkommissar weiter.

„Was wollen sie mir hier unterstellen, Herr Markowitsch?“, wurde Maximilian Kanter laut, als er empört und beinahe schon angriffslustig aufsprang.

„Denken sie etwa ich würde einen Menschen ermorden, nur weil er mir seine Stimme bei einer Wahl verweigert? Machen sie sich doch nicht lächerlich, Mann.“

Christian Frei war augenblicklich an die Seite des Rainer Bürgermeisters getreten, als sich dieser so unerwartet von seinem Platz erhoben hatte.

Der Hauptkommissar versuchte ruhig zu bleiben, auch wenn man ihm ansah, dass es angesichts Kanters Wortwahl ihm gegenüber mächtig in ihm brodelte.

„Beruhigen sie sich, Herr Kanter. Keiner will ihnen hier etwas unterstellen. Allerdings werden sie uns zugestehen müssen, dass wir in alle Richtungen ermitteln.

Scheinbar war ihnen Erna Gebinger ja nicht sonderlich positiv zugetan, wenn sie ihnen ihre Stimme verweigerte. So habe ich sie jedenfalls gerade verstanden.“

„Unentschlossene Bürger und solche die die Öffentlichkeit meiden muss man eben manchmal durch persönliches Engagement zu überzeugen versuchen“, sagte Maximilian Kanter selbstbewusst.

„Das ist auch eine Meinung“, sprach Robert Markowitsch leise vor sich hin. „Auch wenn sie nicht jedermann teilt.“

„Das überlasse ich jedem selbst“, meinte der Bürgermeister gleichgültig. „Politik ist eben nun mal nicht jedermanns Sache.“

Er sah an Markowitsch vorbei auf Frank Berger.

„Kann ich nun endlich gehen? Ich habe noch zu tun.“

„Bitte sehr“, gab ihm der Oberstaatsanwalt den Weg frei, auch wenn Markowitsch‘s Blick ihm andeutete, dass er nicht unbedingt damit einverstanden war.

„Ich bin sicher, dass sie uns für eventuell noch auftretende Fragen zur Verfügung stehen?“

„Selbstverständlich“, sprach Maximilian Kanter nur kurz angebunden, bevor er mit überhasteten Schritten das Büro der Rainer Polizeiinspektion verließ.

„Lassen sie sich bloß nicht von Kanter einwickeln, Berger. Ich verwette meinen Allerwertesten darauf, dass er uns noch so einiges verschweigt“, meinte Robert Markowitsch, als er und Frank Berger sich kurz danach von den Rainer Kollegen verabschiedet hatten.

19. Kapitel

Minuten später saßen die beiden Männer in Robert Markowitsch's Dienstwagen.

„Eine Tasse Cappuccino wäre jetzt nicht zu verachten um meine strapazierten Nerven zu beruhigen", meinte der Hauptkommissar, als er auf die digitale Zeitanzeige des Armaturenbretts sah.

„Blumenhotel", meinte der Oberstaatsanwalt mit einem Wort.

„Ich möchte keine Pflanzen kaufen, Berger, ich möchte Kaffee trinken", widersprach Markowitsch.

„Sagte ich doch", grinste Frank Berger. „Blumenhotel. Die Hauptstraße hoch und an der Ampelkreuzung links."

Kurze Zeit später fuhr Markowitsch seinen Wagen auf den großzügig angelegten Parkplatz und stellte den Motor ab.

Als er sein Handy aus der Halterung der Freisprechanlage nahm sah er gleich, dass darauf zwei Nachrichten eingegangen waren.

Schnell stellte der Hauptkommissar fest, dass Peter Neumann zweimal versucht hatte, ihn telefonisch zu erreichen.

Während Markowitsch hinter Frank Berger das Café des Hotels betrat, drückte er die OK-Taste seines Handys, um den Kollegen Neumann zurück zu rufen.

Sekunden später erklang an einem Tisch die bekannte Melodie eines Schlagers aus den frühen Achtziger Jahren.

Drah di net um, oh oh oh, schau schau der Kommissar geht um, oh oh oh …

Ein wenig überrascht drehten sowohl Robert Markowitsch als auch der Oberstaatsanwalt den Kopf in die Richtung des Tisches, an dem die Musik ertönte.

Noch größer allerdings war die Überraschung, als sie Peter Neumann dort sitzen sahen, an dessen Tisch sie Augenblicke später Platz nahmen.

„Schon Feierabend, Neumann, oder haben sie vorgestern im Lotto gewonnen, dass sie sich am helllichten Nachmittag in so einem noblen Café aufhalten?"

Pit Neumann lächelte, als er seine Kaffeetasse auf dem Untersetzer abstellte.

„Keineswegs, Chef. Weder Feierabend, noch Lottomillionär. Nur mal zwischendurch das Angenehme mit dem Nützlichen verbinden."

„Das Angenehme können wir mit eigenen Augen sehen, Herr Neumann", meinte Frank Berger. „Wo aber ist dabei das Nützliche?"

„Hier drin", sprach der Kommissar, wobei er auf seinen Tablet-PC klopfte, den er nun vor sich auf dem Tisch ablegte.

„Keine Zweideutigkeiten bitte, Neumann. Was führt sie hierher?", fragte der Hauptkommissar, als eine junge Frau vom Hotelpersonal an den Tisch trat, um die Bestellung aufzunehmen.

„Bringen sie den Herren einen starken Kaffee", sprach Peter Neumann Augenzwinkernd zu ihr. „Den werden sie brauchen."

„Gerne, Herr Neumann", antwortete die junge

Dame, indem sie dem Augsburger Kommissar ein süßes Lächeln schenkte.

„Cappuccino, bitte. Zweimal“, änderte Robert Markowitsch die Bestellung seines Kollegen ab und nannte ihn einen Frauenheld, als sich die Bedienung wieder vom Tisch entfernt hatte.

Peter Neumann lehnte sich in seinem Stuhl zurück.

„Alles rein dienstlich“, meinte er süffisant grinsend, bevor er weitersprach.

„Kurz nachdem sie und Herr Berger das Präsidium verlassen hatten, rief mich Alfred Zacher noch einmal an“, begann Neumann den Grund seines Besuchs in Rain zu erläutern.

„Die Kollegen der KTU hatten zwischenzeitlich ihre Untersuchungen abgeschlossen und dabei noch etwas Erstaunliches entdeckt, das uns sicherlich einen großen Schritt in den Ermittlungen weiterbringen dürfte.“

Oberstaatsanwalt Frank Berger sah Markowitsch fragend an, bevor dieser meinte:

„Hätten sie uns den Grund ihres Erstaunens denn nicht gleich telefonisch mitteilen können, Neumann?“

„Eben nicht“, meinte dieser, wobei er wieder auf das Tablet deutete.

„Jedenfalls noch nicht zu diesem Zeitpunkt, denn dazu bedurfte es noch einer etwas aufwendigeren Vorbereitung.“

„Dann legen sie uns die Karten doch mal auf den Tisch“, forderte Frank Berger Markowitsch’s Kollegen auf.

„Was befindet sich denn so Geheimnisvolles auf diesem Gerät?“

„Genießen sie doch erst einmal in Ruhe ihren Cappuccino“, antwortete Peter Neumann, nachdem die junge Frau die beiden Gedecke auf dem Tisch abgestellt hatte.

„Ich werde ihnen inzwischen erklären, wie es dazu kam.“

„Nicht wieder so lange um den heißen Brei herum reden, Neumann“, forderte der Hauptkommissar.

Er sah sich einmal kurz um, bevor er weitersprach.

„Ich finde dies hier zwar eine äußerst angenehme Atmosphäre um gemütlich zusammen zu sitzen, doch mit ihrer ewigen Geheimnistuerei rauben sie mir nochmal den letzten Nerv.“

Also gut“, gab Peter Neumann seufzend klein bei, wollte er doch das, wenn auch noch nicht vollständige aber in seinen Augen doch aussagekräftige Ergebnis seiner Arbeit auskosten.

„Zachers Kollegen sind bei ihren Untersuchungen an der Vogelvoliere des Mordopfers auf etwas Seltsames gestoßen.

Der Käfig besitzt einen doppelten Boden. Sie vermuten, dass er aus Gründen der Wärmeisolierung eingebaut war.

In meinen Augen natürlich Quatsch, aber Tierfreunde sollen ja die seltsamsten Einfälle haben.“

„Tja“, warf Oberstaatsanwalt Frank Berger grinsend ein, „wer holt sich schon gerne kalte Füße oder einen kalten Hintern.“

„Wie dem auch sei", fuhr Pit Neumann mit seinen Erläuterungen fort. „Auf jeden Fall haben die Kollegen der KTU in diesem Zwischenboden ein Tonband entdeckt.

Identisch mit den anderen, die sie aus dem Wohnzimmer von Erna Gebinger mitgenommen haben."

Robert Markowitsch sah seinen Kollegen ungeduldig an.

„Machen sie es nicht so spannend, Neumann. Was befindet sich auf diesen Tonbändern?"

„Überwiegend nur eine Frauenstimme, vermutlich die der Toten.

Die ersten Auswertungen der KTU lassen darauf schließen, dass Erna Gebinger versucht hat, ihren Vögeln das Sprechen beizubringen."

Robert Markowitsch sah Peter Neumann etwas belustigt an.

„Na super, Neumann. Sollte Zacher mit seinen Kollegen feststellen, dass ihr das gelungen ist, kann er sich einen Orden beim ornithologischen Institut erhoffen.

Ich wüsste jedoch nicht, wie uns das in unserem Fall weiter bringen soll?"

„**Das** nicht", antwortete Peter Neumann fast schon geheimnisvoll.

„Auf dem Tonband, das sich im Zwischenboden des Käfigs befand, singt uns ein vermutlich toter Vogel, wenn ich das mal so sagen darf, ein äußerst interessantes Lied."

„Tote Vögel singen nicht, Neumann", wies Markowitsch seinen jungen Kollegen nun schon ungeduldig zurecht.

„Da hätten sie im Naturkundeunterricht mal besser aufpassen sollen.“

„War ja auch nur bildlich gesprochen in Bezug auf die anderen Tonbänder, Chef. In diesem Fall muss ich sie nämlich korrigieren.

Wie gesagt, es ist nur ein kurzer Ausschnitt, die Kollegen werden bis morgen den kompletten Datensatz überspielt haben.

Wenn ich Glück habe, erhalte ich die Datei noch im Laufe des Abends. Hängt ganz davon ab, wie viel sich auf dem besagten Band befindet.

Aber jetzt rücken sie doch erst mal etwas näher zusammen, denn ich glaube nicht, dass das was sie nun zu hören bekommen, für die anderen Gäste hier im Café bestimmt ist.“

Peter Neumann holte einen kleinen Kopfhörer aus der Tasche hervor, steckte diesen am Audioausgang seines Tablets an und reichte jeweils ein Ende davon an den Markowitsch und Frank Berger.

20. Kapitel

Bürgermeister Maximilian Kanter griff entschlossen zu seinem Telefon. Er musste dieses verdammte Tonband haben, koste es was es wolle.

Mit zitternden Fingern holte er den Zettel mit der Telefonnummer hervor und wählte diese auf der Tastatur.

Als er Harry Zellers Stimme aus dem Hörer vernahm sagte er nur kurz:

„Kommen sie in mein Büro, Zeller. Sofort."

Für einige Sekunden war Stille, als Kanter plötzlich seine Meinung änderte.

„Oder nein, warten sie", meinte er. „Wir treffen uns in einer Stunde draußen an der kleinen Bank am Lechkraftwerk.

Es ist besser, wenn man uns nicht gemeinsam sieht. Schon gar nicht hier im Rathaus. Nicht, dass ich wegen ihnen noch ins Gerede komme.

Und bringen sie dieses verdammte Tonband mit."

Harry Zeller vernahm den unbedingten Willen in der Stimme des Bürgermeisters und fragte deshalb:

„Warum sind sie so versessen auf dieses Teil, Kanter? Haben sie etwas mit der Vergangenheit meines Großvaters zu tun?"

„Reden sie keinen Blödsinn, Zeller", blaffte Maximilian Kanter in den Hörer.

Das war alles längst vor meiner Zeit. Außerdem will ich das Band nur in entferntestem Sinne für mich selbst.

Mit den Informationen darauf könnte ich jemandem einen Gefallen tun, was mir letztendlich wieder Pluspunkte für mein Amt als Bürgermeister einbringen wird.

Aber Details würden jetzt zu weit führen, da ihnen mit Sicherheit das Verständnis dafür fehlt."

„Schön für sie", lachte Harry hämisch. „Aber sie wissen ja: eine Hand wäscht die andere und nur Bares ist Wahres."

„Das war mir klar, Zeller. Ich biete ihnen dafür im Gegenzug einen für ihre Verhältnisse schönen Batzen Geld.

Also machen sie sich auf die Socken, bevor ich es mir anders überlege."

Maximilian Kanter beendete mit diesen Worten das Gespräch, legte den Hörer zurück und verließ sein Büro.

Entschlossen eilte er zu seinem Wagen und fuhr nach Hause.

Dort angekommen begrüßte er nur kurz seine Frau, um sich dann auf direktem Wege in sein privates Büro zu begeben.

Mit gemischten Gefühlen sah Frau Kanter ihrem Mann hinterher. Seine Angespanntheit machte ihr Sorgen, doch schrieb sie dies den unglücklichen Umständen um den Tod Erna Gebingers zu.

Maximilian Kanter derweil ging zu seinem Tresor, der in der Ecke seines Büros stand.

Mit geübtem Griff betätigte er das Zahlenschloss, stellte die Kombination ein und öffnete die Stahltüre.

Er entnahm einer sich darin befindlichen Metallkassette ein Bündel Geldscheine und zuckte etwas zusammen, als er im Hintergrund ein Husten vernahm.

Mit eiligen Schritten hastete er in Gedanken zur Tür hinaus und wäre dabei beinahe mit seiner Frau zusammengestoßen, die sich gerade eine Zigarette anzündete.

„Du rauchst in den letzten Tagen zu viel“, meinte ihr Mann.

„Wundert dich das etwa?“, antwortete sie fragend. „Du solltest doch wissen, dass der Stress in der Zeit vor den Wahlen auch an mir nicht spurlos vorbei geht.“

Maximilian Kanter blieb mit einem Mal stehen, sah seine Frau mit einem seltsamen Blick an und strich ihr mit der Hand sanft über die Wange.

„Ich weiß, entschuldige. Ist ja bald vorbei, dann habe ich auch wieder mehr Zeit für uns.

Ich habe jetzt leider noch einen Termin, aber bis in einer Stunde bin ich zurück“, sagte er nur kurz angebunden und verließ mit raschen Schritten das Haus.

*

Harry Zeller nagte nervös an seiner Unterlippe, als er sein Handy in die Tasche steckte.

Dass Maximilian Kanter so schnell auf seinen Vorschlag eingehen würde, damit hatte er nun wirklich nicht ernsthaft gerechnet.

Mindestens zwei bis drei Tage hatte er einkalkuliert, um seinen Plan zu verwirklichen.

Jetzt war guter Rat teuer.

21. Kapitel

In der Zwischenzeit saßen die drei Augsburger Beamten im Café des Rainer Blumenhotels und hatten jeweils ein Ende eines Kopfhörers im Ohr.

Robert Markowitsch und der Oberstaatsanwalt hörten gespannt einer Stimme zu, die aus Peter Neumanns Tablet-PC erklang.

Der Assistent des Hauptkommissars erkannte zunehmendes Erstaunen in den Gesichtern der beiden Kollegen.

Nachdem die Datei zu Ende war, legten Berger und Markowitsch den Kopfhörer zurück auf den Tisch.

„Das wirft ja ein ganz neues Licht auf die Geschichte“, meinte der Oberstaatsanwalt.

„Habgier scheint mir wohl der richtige Ausdruck zu sein.

Wenn dieser Harry Zeller hiervon Kenntnis hatte“, deutete Frank Berger vielsagend auf das Tablet.

„Bei seiner Geschichte, vorbestraft, Schulden, höchstwahrscheinlich in Geldnot, das könnte ein perfektes Mordmotiv darstellen.“

„Nun mal langsam, Berger“, meinte Markowitsch.

„Diese Geschichte mit den gestohlenen Wertsachen von anno dazumal scheint mir doch ziemlich mysteriös.

Und selbst wenn davon noch etwas existieren sollte: Zeller müsste das Zeug erst einmal finden.

Die örtlichen Angaben des Sprechers auf dem Tonband, bei dem es sich ja scheinbar um den verstorbenen Franz Gebinger handelt, scheinen mir doch recht vage."

„Nicht unbedingt", warf Peter Neumann ein. „Ich habe selbstverständlich versucht, soweit dies in der kurzen Zeit möglich war, auch in dieser Richtung zu recherchieren. Einige Details fehlen mir aber noch."

„Hört, hört", sprach der Hauptkommissar mit einem Blick auf Frank Berger, dem ein kurzes Lächeln über die Lippen kam.

Auch er kannte inzwischen die Energie, mit der Markowitsch's Assistent seiner Arbeit nachging, vor allem dann, wenn er diese mit Hilfe seiner Computer erledigen konnte.

„Markowitsch nahm den letzten Schluck aus seiner Tasse, stellte diese auf den Unterteller zurück und sagte mit einem kurzen Blick auf seine Uhr zu Frank Berger:

„Dann machen wir uns mal am besten auf den Weg zurück nach Augsburg.

Ich werde sie zu Hause absetzen und mir anschließend die ganze Geschichte daheim bei einem heißen Bad noch einmal durch den Kopf gehen lassen."

Zu Peter Neumann gewandt meinte er:

„Wie ich sie kenne, Neumann, werden sie sicherlich nochmal ins Präsidium fahren und sich die halbe Nacht vor dem Computer um die Ohren schlagen.

Machen sie aber bitte nicht zu lange, ich möchte

sie morgen früh einigermaßen ausgeschlafen im Büro sehen, wenn sie mir weitere Einzelheiten mitteilen."

Als sich die drei auf den Weg zum Parkplatz machten, läutete das Handy des Oberstaatsanwalts.

Markowitsch und Peter Neumann konnten während des kurzen Gesprächs beobachten, wie sich die Mine Frank Bergers zunehmend verdunkelte.

Mit einem tiefen Seufzer beendete er schließlich das Telefonat.

„Sie sehen aus, als hätte sie der Justizminister höchstpersönlich angerufen", meinte Markowitsch.

„Nicht ganz", antwortete Berger. „Es war meine Sekretärin. Scheinbar veranstaltet die Presse schon den halben Nachmittag ein wenig Telefonterror in meinem Büro.

Ich fürchte, meine Herren, dass uns langsam die Zeit davon läuft.

Irgendwie haben die Herrschaften Wind davon bekommen, dass der Rainer Bürgermeister in die Geschichte verstrickt ist.

Gerade jetzt vor der Wahl riechen die Schreiberlinge natürlich eine kleine Sensation. Wir müssen uns da etwas überlegen."

Fragend sah er den Augsburger Kriminalhauptkommissar an.

„Was könnte ich denen heute Abend präsentieren, damit sie noch eine Weile still halten, Markowitsch?"

„Nun ja", überlegte dieser kurz. „Haltlose Vermutungen sollten wir nicht nach draußen geben."

Nach kurzem Überlegen holte er sein Mobiltelefon hervor und wählte die Nummer der Rainer Polizeiinspektion.

Als das Gespräch am anderen Ende entgegengenommen wurde, verlangte er Christian Frei zu sprechen.

„Markowitsch hier", sagte er kurz darauf.

„Neue Erkenntnisse machen es notwendig, dass ich schnellstens diesen Harry Zeller zur Vernehmung kriege."

Sekundenlang herrschte Stille zwischen den beiden Gesprächspartnern, sodass der Hauptkommissar nachfragte:

„Haben sie mich verstanden, Herr Frei, oder weshalb antworten sie nicht?"

„Schon verstanden", kam die etwas zögerliche Antwort des Rainer Kommissars.

„Aufgrund des Treffens heute Mittag habe ich mir fast so etwas gedacht und sicherheitshalber schon einmal zwei Kollegen losgeschickt, um Harry Zeller ausfindig zu machen."

„Na wunderbar, Herr Kollege. Ich sehe, sie arbeiten sehr engagiert mit. Ich erwarte sie dann also in etwa zwei Stunden bei mir im Präsidium."

Robert Markowitsch musste etwas auf die Antwort warten, wobei ihn ein komisches Gefühl überkam.

Er vernahm in diesem Augenblick ein fast hörbares Schlucken von Christian Frei.

„Das wird nicht ganz einfach werden", schien sich auch sogleich die Befürchtung Markowitsch's zu bestätigen.

„Was heißt das im Klartext?", hakte Robert Markowitsch nach.

„Das heißt, dass meine Kollegen Harry Zeller nicht zu Hause angetroffen haben“, bekam er zur Antwort.

Markowitsch überlegte einen Moment lang, sah dabei in das fragende Gesicht von Frank Berger.

„Der Vogel ist ausgeflogen“, flüsterte er ihm zu und wollte Christian Frei weitere Anweisungen durchgeben.

Doch Frank Berger hielt ihn zurück.

„Warten sie, Markowitsch“, sagte er, wobei seine grauen Zellen angestrengt zu arbeiten schienen.

Schließlich nahm er dem Hauptkommissar das Handy aus der Hand.

„Oberstaatsanwalt Berger hier“, sprach er zu Christian Frei.

„Setzen sie Zeller auf die Fahndung, aber keine Festnahme. Jedenfalls im Moment noch nicht.

Und wenn sie ihn gefunden haben, lassen sie ihn bis auf weiteres nur beobachten.“

„Geht in Ordnung, Herr Berger“, antwortete Christian Frei. „Ich werde es den Kollegen weitergeben.“

Frank Berger beendete das Gespräch und reichte dem etwas erstaunten Markowitsch das Telefon zurück.

„Sehen sie mich nicht so entgeistert an, Markowitsch“, meinte der Oberstaatsanwalt nur.

„Ich möchte zunächst einmal abwarten, was die endgültige Auswertung dieses Tonbands ergibt.

Ich habe keine Lust, mich auf einen vagen Verdacht hin der Presse gegenüber der Lächerlichkeit preis zu geben."

Er sah Peter Neumann an und meinte mit einem Fingerzeig auf diesen:

„Ich verlasse mich auf sie, Herr Neumann. Reden sie mit Zacher und seinen Kollegen. Die notwendige Nachtschicht werde ich ihnen entsprechend vergüten.

Und nun sollten wir endlich los. Ich muss mir noch etwas für die Damen und Herren der Presse einfallen lassen.

Die werden mich sicherlich schon mehr als ungeduldig vor meinem Büro erwarten."

22. Kapitel

Harry Zeller indes war mit seinem Wagen ein ganzes Stück weit einen Waldweg vor dem Lechkraftwerk hinein gefahren.

Er wollte es keinesfalls riskieren, dass ihn irgendjemand durch einen blöden Zufall hier draußen sah.

Als er der Meinung war, das Auto einigermaßen sicher versteckt zu haben, machte er sich auf, die wenigen hundert Meter bis zur Kraftwerksanlage zu Fuß zu gehen.

Auf dem Weg dorthin überlegte er verbissen, wie er es am besten anstellen würde, Maximilian Kanter davon in Kenntnis zu setzen, dass er noch gar nicht im Besitz des besagten Tonbands war.

Er würde es früher oder später in die Hände bekommen, gar keine Frage. Spätestens dann, wenn er das Erbe seiner Großmutter antreten konnte.

Bis dahin aber waren noch einige Steine aus dem Weg zu räumen. Außerdem schien Kanter unter Zeitdruck zu stehen.

Am Gebäude des Kraftwerks angekommen suchte sich Harry Zeller einen Platz, von dem aus er die Zufahrtsstraße im Blick hatte, ohne gleich selbst gesehen zu werden.

Er zog einen Glimmstängel hervor und zündete sich diesen an.

Tief sog er den Rauch in seine Lungen und schon nach wenigen Zügen warf er die abgebrannte Zigarette auf den Boden und trat die Glut aus.

Harry sah die Straße hinunter, konnte jedoch

noch niemanden entdecken. Er horchte angespannt, doch auch kein Motorengeräusch war zu vernehmen.

Nervös fingerte er sich eine weitere Kippe aus seiner Schachtel.

Nur Augenblicke später erkannte er das Auto des Bürgermeisters, das sich langsam die Kraftwerkstraße herauf näherte.

Maximilian Kanter bog in den kleinen Seitenweg ein und stellte seinen Wagen dort ab.

Als Harry Zeller ihn herankommen sah, nahm er noch einen letzten Zug von seiner Zigarette, bevor er auch diese austrat.

Als der Bürgermeister die letzten Meter der halbhohen Hecke passiert hatte, entdeckte er den wartenden Harry Zeller.

Nervös sah sich Kanter um, konnte jedoch niemanden entdecken, der das Treffen zwischen ihm und Harry Zeller stören würde.

Er holte das Geldbündel aus seiner Tasche und sagte:

„Das dürfte ihnen helfen, die nächste Zeit sorgenfrei zu gestalten, Zeller. Haben sie das Band dabei?"

Harrys Blick richtete sich gierig auf die Geldscheine.

Er schürzte die Lippen und überlegte einen Augenblick lang.

„Das ist leider nicht ganz so einfach, Kanter", versuchte er selbstbewusst zu klingen.

„Die Bullen haben das Haus meiner Großmutter kräftig gefilzt. Ich gehe davon aus, dass sie auch das besagte Band mitgenommen haben.

Ich habe es zwar gut versteckt, aber auch dieses Versteck ist nicht mehr da."

Ungläubig starrte Maximilian Kanter auf seinen Gegenüber, als er die Worte aus dessen Mund vernommen hatte.

„Sie sind ein Idiot, Zeller" zischte er aufgebracht.

„Glauben sie denn, sie können mich hier zum Narren halten?

Sie können sich doch ausrechnen, dass die Polizei nach ihnen suchen wird. Wo wollen sie denn hin ohne einen Cent in der Tasche?"

Der Bürgermeister wedelte mit dem Geldbündel vor Harry Zellers Augen.

„Das hier wäre ihre Chance gewesen zu verschwinden", meinte er. „Aber scheinbar sind sie sogar zu blöd, um nach dem letzten Strohhalm zu greifen."

Mit diesen Worten drehte sich das Rainer Stadtoberhaupt um und ließ den verblüfften Harry Zeller alleine am Kraftwerk zurück.

Dieser sah mit zusammengekniffenen Augen, wie sich Maximilian Kanter mit dem erhofften Geldsegen auf den Weg zurück zu seinem Auto machte.

Eine letzte Möglichkeit wollte Harry noch ausprobieren.

„Kanter", rief er laut. „Warten sie einen Moment."

„Was soll das, Zeller?", rief der Stehengebliebene über seine Schulter hinweg, nachdem er schon die Fahrertür geöffnet hatte.

„Wenn sie nicht wollen, dass sie morgen in der Zeitung stehen, dann sollten sie mir jetzt besser die Kohle geben.

Ich kann mir nicht vorstellen, dass ihre Wähler darüber erfreut wären, wenn sie von ihrem Auftritt bei meiner Großmutter erfahren.“

Maximilian Kanter schluckte. Zunächst zögerte er etwas, doch nach kurzem Überlegen fasste er einen Entschluss.

Er zog das Geldbündel hervor, warf es neben seinem Auto auf den Boden und stieg ein.

Harry Zeller lächelte siegessicher, als er den Wagen des Bürgermeisters davon fahren sah.

Er steckte sich eine Kippe an und ging zu der Stelle, an der eben noch Kanters Auto gestanden hatte.

Na also, dachte er sich dabei zufrieden, *warum nicht gleich so. Wenn's um ihre Karriere geht, dann haben sie doch alle Schiss.*

Als er sich nach den Geldscheinen bückte, hatte er plötzlich das komische Gefühl, beobachtet zu werden. Instinktiv steckte er seine Beute in die rechte Gesäßtasche der Hose und schnellte wie von einer Tarantel gestochen hoch.

Anschließend drehte er sich langsam um und blickte in zwei Augen, die etwas Endgültiges ausstrahlten.

Mit zwei langsamen Schritten stand die Person einen Augenblick später direkt vor Harry Zeller und er bekam den Rauch einer Zigarette ins Gesicht, als er die Worte vernahm.

„Weshalb tun sie so etwas?“

Wohl nicht nur wegen des Zigarettenqualms bekam der ehemalige Sträfling einen Hustenanfall.

Er spürte mit einem Mal ein mulmiges Gefühl in seiner Magengegend, als er aus seinem Augenwinkel eine kurze Bewegung wahrnahm.

Zu einer Reaktion war Harry Zeller nicht mehr fähig.

Sich wie in einem Gangsterfilm fühlend stand er wie zur Ohnmacht verdammt da und starrte mit weit aufgerissenen Augen in den Lauf einer Pistole.

Nur Sekundenbruchteile später vernahm er ein kurzes Krachen.

Den stechenden Schmerz zwischen seinen Augen, der ihn in die Dunkelheit des Universums katapultierte, nahm er gar nicht mehr richtig wahr.

23. Kapitel

Robert Markowitsch legte am nächsten Morgen gerade seine Tageszeitung beiseite und ging in Gedanken schon einmal die anstehenden Punkte durch, die es im Fall der ermordeten Erna Gebinger an diesem Tag abzuarbeiten galt.

Wichtig war für ihn zunächst einmal, dass Peter Neumann inzwischen die vollständige Tonbandaufnahme von Zacher erhalten hatte.

Eventuell erfuhr man dadurch noch einige Details, die auf ein mögliches Motiv für den Enkel hindeuteten.

Markowitsch wollte hier zuerst Klarheit haben, um Harry Zeller bei seiner Vernehmung damit zu konfrontieren.

Er hoffte nur, dass die Kollegen aus Rain den ehemaligen Sträfling inzwischen ausfindig machen konnten.

Das Läuten seines Handys holte den Hauptkommissar unsanft aus seinen Überlegungen.

Ein Blick auf die Nummer des Anrufers zeigte ihm, dass sein Kollege scheinbar schon, oder noch immer am Arbeiten war.

„Guten Morgen, Neumann“, meldete sich Markowitsch, nachdem er das Gespräch angenommen hatte.

„Sie müssen keinen Weckdienst spielen, ich bin bereits so gut wie auf dem Sprung.“

„Dann hoffe ich nur, Chef, dass es kein Sprung ins kalte Wasser wird, denn ich habe schlechte Neuigkeiten.“

Der Hauptkommissar atmete ein paar Mal tief durch, bevor er fragte:

„Wie schlecht?“

„Sehr schlecht“, war Peter Neumanns umgehende Antwort, wobei er jedoch nur Sekunden später meinte:

„Obwohl, wenn man es von einer anderen Seite her betrachtet, vielleicht auch wieder gar nicht so übel. Aber das wird sich zeigen.“

„Was wird sich zeigen, Neumann? Klartext bitte. Zweideutigkeiten vertrage ich um diese Uhrzeit noch nicht.“

„Also schön“, sprach Markowitsch‘s Assistent weiter. „Wir können uns die Vernehmung von Harry Zeller sparen und haben mit etwas Glück den Mörder von Erna Gebinger gefunden.“

„So viel Gutes kann einem in unserem Job gar nicht widerfahren, Neumann“, sprach der Augsburger Kripochef, nachdem er einen Moment lang überlegt hatte.

„Außerdem sprachen sie von schlechten Neuigkeiten. Also: was ist passiert?“

„Harry Zeller ist tot.“

Als Hauptkommissar Markowitsch diesen Satz vernommen hatte, rasten ihm mehrere Gedanken durch den Kopf.

Für einen erfahrenen Ermittler wie ihn galt es jetzt zunächst einmal, diese zu sortieren. Das Telefon war dafür jedoch definitiv nicht der richtige Platz.

„Ich bin auf dem Weg, Neumann“, sagte er deshalb nur kurz angebunden und beendete das Gespräch.

Wenige Minuten später befand sich Robert Markowitsch auf dem Weg ins Augsburger Kommissariat.

24. Kapitel

Der ehemalige Volksfestplatz in Rain hatte schon seit Mitte 2000, als ihm seine ursprüngliche Bedeutung abgesprochen wurde, kein so großes Interesse in der Bevölkerung mehr gefunden wie in den letzten Tagen.

Von einigen speziellen Veranstaltungen abgesehen, dient er seit dem Jahr 2009 als Abstellplatz für Wohnmobile.

Doch zwei Tote innerhalb weniger Tage an der nur wenige hundert Meter entfernten Lechstaustufe sorgten nun dafür, dass sich vor allem Schaulustige und Journalisten hier draußen einfanden.

Weiter als bis zur unmittelbar dahinter befindlichen Polizeiabsperrung gelangte ohne Genehmigung jedoch niemand.

Einzige Ausnahmen waren Mitarbeiter der LEW, die Betreiber des Kraftwerks und entsprechend befugte Personen.

Zwei davon waren auch KHK Robert Markowitsch als Leiter der Augsburger Mordkommission und dessen Assistent Kommissar Peter Neumann, die sich an diesem Tag gegen 09:30 Uhr dort einfanden.

Christian Frei, der leitende Polizeibeamte aus Rain, erwartete die Kollegen bereits Hände ringend.

Ein kleineres Transportfahrzeug, das von der Rainer Polizeiinspektion vor Ort gebracht wurde, diente als behelfsmäßige Einsatzzentrale.

Nachdem Markowitsch und Neumann auf einer

der Sitzbänke Platz genommen hatten, klärte sie Kommissar Christian Frei ohne zu zögern über den aktuellen Sachstand auf.

„Die Kollegen der Frühschicht erreichte heute gegen sieben Uhr der Anruf eines Mannes, der in der Nähe des Kraftwerks zum Joggen unterwegs war.

Er entdeckte dort ein Fahrzeug und war verwundert darüber, dass dies so weit abseits von der Straße abgestellt war, wobei es doch für eventuelle Besucher einige Stellplätze in direkter Nähe gibt.

Dort entdeckte er dann auch wenig später die im Gebüsch liegende Leiche eines Mannes, worauf er uns dann sofort verständigte.

Nachdem die Kollegen Minuten später vor Ort waren, konnten sie feststellen, dass es sich dabei zweifelsfrei um den gesuchten Harry Zeller handelte."

„Gut, danke", sagte Markowitsch, nachdem Christian Frei mit seinem Kurzbericht geendet hatte.

„Oder auch nicht gut, das wird sich zeigen", murmelte er noch vor sich hin, als er Peter Neumann nachdenklich fragend ansah.

„Spurensicherung und Staatsanwaltschaft habe ich bereits verständigt, Chef", kam dieser der wohl nächsten Frage Robert Markowitsch's zuvor.

„Die SpuSi fährt soeben vor", meldete sich Christian Frei nun wieder zu Wort, als er aus einem Seitenfenster des Fahrzeugs nach draußen sah und das Auto von Alfred Zacher erkannte.

„Na, dann wollen wir die Herrschaften doch mal

begleiten, Neumann“, winkte er diesem mit einem Fingerzeig.

„Bin mal gespannt, was Berger dazu sagt, wenn er hier aufkreuzt.“

„Ach ja“, warf Neumann schnell ein. „Habe ich vergessen zu sagen. Der Oberstaatsanwalt wird einen Kollegen schicken, da er selbst verhindert ist.“

Wieso das denn?“, wollte Markowitsch wissen.

„Er hat den Pressetermin von gestern Abend auf heute um neun Uhr verschoben. Dies sagte er jedenfalls am Telefon zu mir.

Er meinte noch, je nachdem wie viele Löcher ihm in den Bauch gefragt werden, würde er eventuell später noch nachkommen.

Auf jeden Fall sollen wir ihn auf dem Laufenden halten.“

„Ach ja“, seufzte der Hauptkommissar nur. „Da könnte man jetzt drüber diskutieren, wer von uns das kleinere Übel erwischt hat.“

Mit diesen Worten verließ er, von den Kollegen Peter Neumann und Christian Frei gefolgt, das Fahrzeug, um Alfred Zacher und dessen Kollegen von der KTU in Empfang zu nehmen.

„Guten Morgen, Markowitsch“, begrüßte Alfred Zacher den Hauptkommissar.

„Jetzt waren wir gerade dabei, unsere Untersuchungen bis auf eine paar Kleinigkeiten zu Ende zu bringen, da präsentieren sie mir schon wieder die nächste Leiche.

Gönnen sie einem alten Mann denn nicht einmal eine kleine Verschnaufpause?“

Robert Markowitsch lächelte, als er Alfred Zachers Handschlag entgegen nahm.

„Ich hab es mir halt zur Lebensaufgabe gemacht, sie vor einem Abrutschen in die Hartz IV – Stufe zu bewahren, Zacher."

„Danke", antwortete der Leiter der KTU. „Dafür sorgen schon andere zur Genüge."

Mit einem kurzen Blick auf seine Mitarbeiter meinte er schließlich:

„Also, Herrschaften. Ab in den Wald. Frische Luft ist gesund für Körper und Geist."

25. Kapitel

In Rain am Lech herrschte seit dem vergangenen Wochenende helle Aufregung. Zwei Tote innerhalb weniger Tage, wann gab es so etwas schon mal in einer Kleinstadt.

An den Stammtischen der ansässigen Wirtshäuser wurde aufgeregt über das Geschehen diskutiert.

Niemand konnte sich einen Reim darauf machen, wie es zu diesen Taten kommen konnte.

Bis zur Nachricht, dass nach Erna Gebinger auch deren Enkel ermordet aufgefunden wurde, waren viele der Meinung, dass dieser für deren Tod verantwortlich war.

Der Stempel, der dem ehemaligen Sträfling für seinen misslungenen Raubüberfall aufgedrückt worden war, prägte bis dahin die Meinung vieler Rainer Bürgerinnen und Bürger.

Auch im Café des Blumenhotels waren die beiden Toten das Hauptthema der Gespräche unter den Gästen, zu denen sich an diesem Nachmittag auch Hauptkommissar Robert Markowitsch und Peter Neumann einfanden.

Die Bedienung, die kurz darauf die Bestellung der beiden Beamten aufnehmen wollte war sehr erstaunt darüber, dass diese nach dem Besitzer bzw. dem Geschäftsführer verlangten.

„Ist irgendetwas nicht in Ordnung?“, wollte sie sofort wissen. „Das lässt sich mit Sicherheit sofort aufklären.“

„Keine Sorge“, antwortete Robert Markowitsch

beruhigend, als er gleichzeitig seinen Dienstausweis hervor zog.

„Nur ein paar ermittlungstechnische Fragen."

Ein wenig verunsichert entfernte sich die junge Dame wieder, um kurz darauf an der Theke zu telefonieren.

„Hat die SpuSi eigentlich schon Ergebnisse zu der Untersuchung von Harry Zeller?", wollte Markowitsch von Peter Neumann wissen?

„Bisher noch nicht", antwortete dieser. „Ich werde aber gleich mal nachfragen."

Er nahm sein Handy zur Hand und wählte die Nummer von Alfred Zachers Büro, während Robert Markowitsch einen Mann in dunklem Anzug auf den Tisch zukommen sah.

„Stefan Gerber", stellte dieser sich einen Augenblick später vor. „Ich bin der Geschäftsführer des Hotels. Sie wollten mich sprechen?"

Robert Markowitsch erhob sich kurz und reichte dem Mann die Hand.

„Robert Markowitsch, Kriminalhauptkommissar", sprach er und deutete auf seinen jungen Kollegen. „Kommissar Peter Neumann."

„Angenehm", antwortete Gerber, der auch dem telefonierenden Peter Neumann zunickte. „Was kann ich für sie tun, meine Herren?"

„Bitte setzen sie sich", bat Markowitsch den Geschäftsführer und klärte ihn anschließend ausführlich über den Anlass seines Besuchs auf.

Peter Neumann, der zwischenzeitlich sein Telefonat beendet hatte, wurde nun von Markowitsch gebeten, Stefan Gerber die Details des Tonbandprotokolls zu schildern.

Schon während dieser Erklärungen erkannte der Hauptkommissar am Gesicht Gerbers, dass dieser wusste, von was sie sprachen, war allerdings etwas irritiert über dessen Reaktion.

„Dies ist eine alte Geschichte, meine Herren“, meinte Gerber, „Aber dazu muss ich etwas weiter ausholen.“

„Wir haben genügend Zeit“, antwortete Robert Markowitsch und lehnte sich etwas zurück.

„Also gut“, fuhr Stefan Gerber fort. „Nach dem dieser Franz Gebinger damals tot in seinem Fahrzeug aufgefunden wurde, gab es diverse Gerüchte um ihn.

Wir, das heißt die Gesellschafter unseres Hotels und die ehemaligen Besitzer der alten Brauerei, haben sich zu dieser Zeit ausführlich mit der Witwe Gebingers unterhalten.

Es wurde seinerzeit nämlich schon, vor allem bei älteren Bewohnern aus Rain darüber spekuliert, dass Franz Gebinger in zweideutige Geschäfte verwickelt sein sollte.

Man ist diesen Gerüchten auch ausführlich nachgegangen, konnte jedoch keine definitiven Anhaltspunkte finden.“

„Hat man denn nicht nach dieser, sagen wir mal Kriegsbeute, gesucht?“, fragte Markowitsch nach.

„Sehen sie, Herr Markowitsch“, gab Gerber zur Antwort, „als die Gesellschafter damals das Gelände der ehemaligen Brauerei erworben haben, konnte man keinerlei Anhaltspunkte mehr feststellen.

Diese ganzen Kellergewölbe waren zum Teil

doch sehr baufällig und wurden letztendlich aus Sicherheitsgründen zugeschüttet, beziehungsweise mit Betonschichten gesichert."

Der Geschäftsführer des Rainer Blumenhotels deutete einmal mit seinem ausgestreckten Arm in die Runde.

„Bei einem Projekt dieser Größenordnung kann man sich vom bauseitigen Sicherheitsaspekt her auf kein Risiko einlassen.

Auch wollte man der ahnungslosen Witwe des Verstorbenen keine unnötige Last aufbürden, indem man tiefgreifende Recherchen anstellte.

Selbstverständlich wurde auch dahingehend spekuliert, eventuelle Gräueltaten aus Kriegszeiten unentdeckt zu lassen.

Doch dieses Eisen war wohl den damals Verantwortlichen etwas zu heiß."

Robert Markowitsch und Peter Neumann hatten den Ausführungen Stefan Gerbers aufmerksam zugehört.

„Wenn ich die ganze Sache richtig überdenke", warf Peter Neumann nun ein, „so könnte der Schlüssel dazu doch dieses alte Gebäude neben der Parkplatzeinfahrt sein."

Der Gesichtsausdruck Stefan Gerbers wurde bei dieser Feststellung etwas säuerlich.

„Dieses, nennen wir es mal Anwesen", meinte er etwas abwertend, „war schon des Öfteren Anlass verschiedener Diskussionen.

Die Hoteleigentümer wollten es damals seinem Besitzer abkaufen, damit das komplette Gelände hier saniert werden könnte.

Der Neubau des Hotelkomplexes sollte das gesamte Erscheinungsbild der Bahnhofstraße modernisieren.

Alle Versuche, dieses Objekt käuflich zu erwerben, scheiterten bis heute jedoch am Widerstand des Eigentümers.

Selbst der mehrmalige persönliche Einsatz unseres Bürgermeisters, erst vor kurzer Zeit wieder, konnte ihn nicht umstimmen.

Eine rechtliche Handhabe existiert wohl nicht und so hat man das Ganze einfach etwas kaschiert."

Stefan Gerber blickte auf seine Armbanduhr.

„Ich hoffe, dass ich ihnen einigermaßen weiterhelfen konnte, meine Herren. Bitte entschuldigen sie mich jetzt, es warten noch einige Dinge darauf, erledigt zu werden.

Selbstverständlich können sie mich jederzeit hier im Hotel erreichen."

Er deutete auf die beiden Gedecke der Augsburger Beamten.

„Bitte betrachten sie sich als Gäste unseres Hauses."

Markowitsch und Neumann bedankten sich bei Stefan Gerber und verließen ebenfalls das Café.

„Der mehrmalige persönliche Einsatz des Bürgermeisters", murmelte Robert Markowitsch, vor dem Hoteleingang angekommen, vor sich hin.

„Was meinten sie, Chef?", fragte Peter Neumann nach, der die Äußerung Markowitsch's nicht richtig verstanden hatte.

„Das mehrmalige persönliche Nachfragen des Bürgermeisters verursacht mir in der Magengegend ein etwas seltsames Gefühl, Neumann.

Ich denke, wir sollten dem Herrn Bürgermeister einen kleinen Besuch abstatten."

„Gut", antwortete Neumann. „Wenn sie meinen."

Minuten später parkte der Hauptkommissar seinen Wagen auf der Straßenseite gegenüber dem Eingang des Rainer Rathauses.

Allerdings erfuhren die beiden Augsburger kurz darauf im Sekretariat des Bürgermeisters, dass dieser für die nächsten Tage alle dienstlichen Termine abgesagt hatte.

Robert Markowitsch hatte das untrügliche Gefühl, dass hier etwas nicht stimmte und so ließ er sich von der Sekretärin die Privatadresse von Maximilian Kanter geben.

Auf dem Weg dorthin wollte der Hauptkommissar noch wissen, was Alfred Zacher zum Tod Harry Zeller herausgefunden hatte.

„Ein Schuss aus kurzer Distanz, für Zeller wohl sofort tödlich", antwortete Peter Neumann. „Patronenhülse wurde gefunden. Kaliber 45.

Laut KTU könnte es sich um eine Waffe der Marke Glock handeln. Ansonsten wohl das Übliche.

Fußabdrücke, Reifenspuren, Zigarettenkippen. Zacher lässt uns den Bericht zukommen bis wir zurück sind."

Nachdenklich lenkte Markowitsch seinen Wagen durch die Rainer Innenstadt, bis er schließlich kurz darauf in eine ruhige Seitenstraße abbog.

Wenig später läutete es an der Haustür der Familie Kanter, die kurz darauf von einer Frau geöffnet wurde.

„Frau Kanter?“, fragte Robert Markowitsch.

„Ja, bitte?“, kam es fragend zurück.

Der Kripochef zog, genauso wie Peter Neumann, seinen Dienstausweis hervor und hielt diesen der Frau entgegen.

„Robert Markowitsch, Kripo Augsburg. Mein Kollege Neumann. Wir hätten gerne ihren Mann gesprochen.“

Sabrina Kanter trat einen Schritt zurück und deutete mit der Hand in das Innere der Wohnung.

„Bitte kommen sie herein. Mein Mann ist in seinem Büro. Der Rummel im Rathaus ist ihm in den letzten Tagen zu viel geworden. Deshalb versucht er, die wichtigsten Dinge von zu Hause aus zu erledigen.“

„Verständlich“, lächelte Markowitsch hintergründig, indem er von Peter Neumann gefolgt das Haus von Maximilian Kanter betrat.

Dieser hatte wohl die Stimmen an der Haustür gehört, denn er kam in diesem Moment den beiden Beamten entgegen.

„Herr Markowitsch“, sprach er etwas überrascht. „Was führt sie denn hierher?“

„Guten Tag Herr Kanter“, antwortete Markowitsch betont freundlich und versuchte dabei, nicht an die letzte Begegnung im Rainer Polizeigebäude zu denken.

„Meinen Kollegen kennen sie ja bereits. Ich hätte nur gerne ein paar Kleinigkeiten geklärt, die uns bei den aktuellen Ermittlungen ein wenig Kopfzerbrechen bereiten.“

„Selbstverständlich“, antwortete der Bürgermeister. „Wenn ich ihnen dabei behilflich sein kann?“

„Können sie sicherlich, Herr Kanter“, meinte der Hauptkommissar zweideutig.

„Seit dem Tod von Harry Zeller haben sich einige neue Aspekte aufgetan, die es nun abzuklären gilt.“

„Harry Zeller“, widerholte Maximilian Kanter den Namen. „Schreckliche Geschichte, nicht wahr. Das wirft doch sicherlich die ersten Vermutungen wieder über den Haufen, dass er am Tod seiner Großmutter Schuld hat.“

„Ach“, meinte Markowitsch nur erstaunt. „Wer vermutete denn etwas in dieser Richtung?“

„Nun kommen sie, Herr Markowitsch“, sprach Kanter mit der Selbstverständlichkeit eines Politikers.

„Fast jeder hier in Rain war doch dieser Meinung. Bei der Vergangenheit dieses Burschen wäre das aber auch nicht abwegig gewesen, oder?“

„Man sollte nicht allzu offen mit solchen Vermutungen und Spekulationen umherwerfen, Herr Kanter“, gab Markowitsch zu bedenken.

„Das könnte sonst ganz schnell ins Auge gehen.“

„Na ja“, gab der Rainer Bürgermeister zu. „Hat sich ja letztendlich auch nicht bestätigt, oder?“

„Dazu kann ich leider nichts sagen, Herr Kanter. Laufende Ermittlungen. Sie verstehen?“

Maximilian Kanter hob verständnisvoll die Arme.

„Schon ok, Herr Markowitsch. Ich hab auch genügend eigene Sorgen um die Ohren.

Nicht nur, dass mich die Öffentlichkeit und die Presse permanent mit diesen beiden Mordfällen löchern, ich muss mich ja auch um die anstehende Wahl kümmern.

Schließlich hat man ja einen Auftrag der Bürgerinnen und Bürger zu erfüllen, nicht wahr?“

Maximilian Kanter deutete auf zwei Sessel in seinem Wohnzimmer, in das er seine unerwarteten Besucher geführt hatte.

„Bitte setzen sie sich, meine Herren. Kann ich ihnen etwas anbieten?“

„Danke, nein“, lehnten sowohl Markowitsch als auch Peter Neumann ab. „Es wird nicht allzu lange dauern.“

„Also gut“, sprach der Bürgermeister, nachdem auch er Platz genommen hatte. „Wie kann ich ihnen behilflich sein?“

„Erzählen sie uns einfach, welchen Bezug sie zu dem alten Gebäude neben der Einfahrt des Blumenhotels haben“, brachte der Hauptkommissar ohne lange Umschweife sein Anliegen hervor.

Dabei beobachtete er sehr genau die Reaktion Maximilian Kanters, der scheinbar mehr als überrascht von dieser Aufforderung war.

Auch Peter Neumann blieb das plötzlich schwere Schlucken des Rainer Bürgermeisters nicht verborgen.

Sekunden später jedoch hatte sich Kanter wieder im Griff.

„Gerne“, meinte er scheinbar gleichgültig. „Aber was hat das denn mit ihren Ermittlungen zu tun?“

„Beantworten sie einfach unsere Frage, Herr

Kanter“, warf Peter Neumann ein.

„Weshalb hatten sie so ein Interesse daran, dass die Eigentümer des Blumenhotels das Gebäude erwerben können?“

„Ach so“, versuchte Maximilian Kanter zu lachen, doch schien dies etwas misslungen.

„Sie spielen sicherlich auf die alte Geschichte im Zusammenhang mit Franz Gebinger an.“

„Sie sagen es, Herr Kanter“, antwortete Robert Markowitsch ruhig. „Dabei frage ich mich, weshalb man diese Geschichte damals nicht mit mehr Nachdruck verfolgt hat?

Weshalb wurde das Gemäuer nicht untersucht, ob das, was man vermutete, nicht wirklich darin zu finden war?“

Maximilian Kanter erhob sich von seinem Platz und war nun ganz Politiker.

„Ich will einmal versuchen, es ihnen aus meiner Sicht zu erklären.

Natürlich hätte man im Interesse der Öffentlichkeit versuchen können, den Besitzer des kleinen Grundstückes zu enteignen, oder zumindest seine Zustimmung zu den aufwendigen Untersuchungen zu erzwingen.

Zum einen jedoch wären nicht unerhebliche Prozesskosten auf den Steuerzahler zugekommen, zum anderen waren die Baumaßnahmen für das Hotel bereits im Gange.

Nun frage ich sie, meine Herren: wenn wir hier angefangen hätten mit großen Aufwand nach etwas zu buddeln, das nur vermutet und keinesfalls bewiesen war und das Ganze hätte sich zum Schluss als

Seifenblase entpuppt, was dann?“

Kanter ließ die mit handlichen Gesten unterstrichenen Sätze einige Sekunden auf seine Besucher wirken.

„Ich kann es ihnen sagen, Herr Markowitsch. Man hätte uns in der Luft zerrissen und wahrscheinlich eine Schadensersatzklage an den Hals gehängt.

Das jedoch war uns diese Geschichte letztendlich nicht wert.“

„Verständlich“, pflichtete Robert Markowitsch den Ausführungen Maximilian Kanters bei. „Allerdings frage ich mich dann, weshalb sie erst kürzlich wieder einen neuen Versuch gestartet haben, den Besitzer von einem Verkauf zu überzeugen?“

„Weil mein Mann es zu seinen Aufgaben zählt, sich um ein einheitliches Stadtbild zu kümmern, Herr Markowitsch und auch die Belange der Geschäftsleute nicht unbeachtet lassen kann“, meldete sich nun plötzlich Sabrina Kanter zu Wort, die bis dahin nur als stumme Zuhörerin an der Wohnzimmertüre gestanden hatte.

Der Hauptkommissar, der mit dem Rücken zu Kanters Frau saß, drehte nun seinen Kopf in deren Richtung.

Sabrina Kanter trat an den Tisch heran und entnahm einer darauf stehenden Metallbox eine Schachtel Zigaretten.

Peter Neumanns Blick verfolgte die Bewegungen der Frau mit erhöhter Aufmerksamkeit.

„Amerikanische Marke?“, fragte er unverfänglich.

„Ja“, kam Frau Kanters lächelnde Antwort. „Habe ich mir aus dem letzten Urlaub mitgebracht."

„Darf ich?", hörte Markowitsch erstaunt die Frage seines Kollegen.

„Gerne", kam Sabrina Kanters Antwort. „Greifen sie zu. Feuer?"

„Danke", meinte Peter Neumann abwehrend. „Nicht im Dienst. Rauche ich nach Feierabend."

„Kann ich sonst noch etwas für sie tun, meine Herren? Ich habe noch Einiges zu erledigen", unterbrach Maximilian Kanter abrupt den Dialog zwischen Peter Neumann und seiner Frau.

Ein kurzer Blick des Hauptkommissars auf Peter Neumann deutete ihm an, dass dieser der Meinung war, zu gehen.

„Im Moment nicht, Herr Kanter. Vielen Dank für ihre offenen Worte. Wir werden aber sicher später noch die eine oder andere Frage an sie haben."

„Jederzeit gerne", antwortete der Bürgermeister und erhob sich, um die beiden Beamten zu verabschieden.

*

„Was war das denn eben, Neumann?", wollte Markowitsch von seinem Kollegen wissen, als sie wieder im Auto saßen und die Kreuzung von der Münchner Straße in die Bahnhofsstraße überquerten.

„Ich habe gar nicht mitbekommen, dass sie neuerdings unter die Raucher gegangen sind."

„Bin ich auch nicht“, antwortete Markowitsch‘s Kollege zweideutig lächelnd.

„Zacher hat mir vorhin bei unserem Telefonat im Café mitgeteilt, dass man neben Harry Zellers Leiche den Zigarettenstummel einer amerikanischen Marke gefunden hat.“

„Oha“, war das Einzige, das Markowitsch in diesem Moment hervorbrachte.

Er musste den Wagen anhalten, da sich die Schranken des Bahnübergangs an der Niederschönenfelder Straße schlossen.

Während der aus Richtung Donauwörth kommende Personenzug vor ihnen in den Rainer Bahnhof einfuhr meinte er:

„Sollte sich dieser Verdacht bestätigen, Neumann, bekommt diese ganze Geschichte für Rain einen ziemlich explosiven Charakter.“

„Hat sie nach zwei Toten innerhalb weniger Tage doch sowieso schon“, antwortete Peter Neumann.

„Außerdem sind die Rainer doch Explosives gewohnt, nachdem man hier im April in Bahnhofsnähe erst eine Fliegerbombe gefunden hat.“

„Ich weiß“, bestätigte Markowitsch die Bemerkung. „Allerdings wurde die entschärft.

Im Gegensatz dazu, vorausgesetzt ihr Verdacht bestätigt sich, wird der Fund von Zacher und seinen Kollegen wohl mit einem Knall in der Öffentlichkeit ankommen.“

26. Kapitel

Eine gute Stunde später, als Markowitsch und Peter Neumann im Büro des Augsburger Hauptkommissars zusammen saßen, betrat Alfred Zacher den Raum.

„Sehen sie mich nicht so entgeistert an, Markowitsch“, meinte der Leiter der Spurensicherung. „Ich wollte es mir nicht nehmen lassen, ihnen den Untersuchungsbericht persönlich zu überbringen.“

Mit diesen Worten reichte er dem Chef der Augsburger Kripo eine Akte entgegen.

Er deutete mit dem Finger darauf, als er grinsend zu Peter Neumann sagte:

„Sie haben den ganzen Vorgang auf ihrem Computer. Das Papier hier ist nur für die Laien der elektronischen Datenverarbeitung.“

„Nur nicht überheblich werden, Zacher“, sprach Robert Markowitsch weise.

„Das was in diesen Kisten gespeichert ist, muss erst mal von hier abgerufen werden.“

Er tippte sich dabei mit dem rechten Zeigefinger gegen seine Stirn, setzte sich anschließend an seinen Schreibtisch und begann damit, die Unterlagen durchzublättern.

Peter Neumann und Alfred Zacher bedienen sich derweil an der Kaffeemaschine.

„Ich habe hier noch etwas für sie, Herr Zacher“, sprach Neumann und zog eine kleine Plastiktüte mit der Zigarette hervor, die er von Sabrina Kanter erhalten hatte.

„Könnten sie die hier mit ihrem Fundstück vergleichen?"

„Kein Problem, Neumann, das kann ich gleich hier im Haus erledigen", antwortete Zacher, als er von Robert Markowitsch unterbrochen wurde.

„Es gibt keinen Zweifel an ihrem Ergebnis?", deutete er fragend auf das vor ihm liegende Schriftstück.

„Keinen", war Zachers bestimmte Antwort. „Mehrfach geprüft."

„Dann haben wir jetzt einen längeren Abend vor uns, Neumann", sprach er mit einem Seufzer, der jedoch nicht unzufrieden klang.

Hauptkommissar Markowitsch griff nach seinem Telefon und wählte die Nummer der Rainer Polizeiinspektion.

Nachdem am anderen Ende der Leitung abgenommen wurde, stellte er den Lautsprecher an.

„Hauptkommissar Markowitsch", meldete er sich. „Guten Tag Herr Kollege. Ich habe das Telefon auf Lautsprecher gestellt.

Mit mir im Büro sind Kommissar Peter Neumann und Alfred Zacher, der Leiter der KTU München, der auch für unseren Fall zuständig ist."

„Guten Tag Herr Markowitsch", kam es aus dem Lautsprecher zurück. „Was kann ich für sie tun?"

„Eine ganze Menge, Herr Kollege", antwortete der Kripochef.

„Bitte informieren sie ihren Vorgesetzten darüber, dass er, und zwar unverzüglich veranlassen soll, Maximilian Kanter und dessen Frau zu uns ins Präsidium nach Augsburg zu bringen."

Man konnte förmlich hören, dass Markowitsch's Gesprächspartner am anderen Ende der Unterkiefer herunter klappte.

„Den Bürgermeister und seine Frau?", kam es zögerlich nach einer kurzen Pause zurück.

„Sicher", bestätigte Robert Markowitsch die ungläubige Frage des Rainer Beamten. „Oder habe ich mich undeutlich ausgedrückt?"

„Keineswegs, Herr Markowitsch. Ich werde Kommissar Frei sofort über ihren Anruf und ihre Anordnung unterrichten."

„Danke", sprach Markowitsch und legte den Hörer zurück. Dabei fiel sein Blick auf Peter Neumann, der an seiner Unterlippe nagend am Fenster stand.

„Irgendwelche Einwände, Neumann?", meinte der Hauptkommissar.

„Nicht im Geringsten", meinte dieser. „Ich stelle mir nur gerade das Gesicht unseres Herrn Oberstaatsanwalts vor, wenn er erfährt, dass sie Kanter und dessen Frau hier vorführen lassen."

„Lassen sie das mal meine Sorge sein, Neumann", lächelte, griff sich die Akte mit den Untersuchungsergebnissen und schlug eine bestimmte Seite auf.

„Ich nehme an, dass es sich bei dieser Liste um die Telefonverbindungen von Harry Zellers Handy handelt, Zacher?"

„Sie nehmen richtig an, Markowitsch", kam dessen Antwort. „Ist nicht allzu viel, aber vielleicht bringt sie das ja irgendwie weiter."

Er deutete auf die Plastiktüte in seiner Hand.

„Ich geh mal kurz ins Labor und kümmere mich

um den Glimmstängel."

„Machen sie das, Zacher, machen sie das", stimmte Robert Markowitsch zu.

„Ich werde inzwischen Frank Berger den Feierabend versauen und sie Neumann", meinte er auf die Akte deutend, „finden mir bis dahin bitte heraus, mit wem Harry Zeller telefonischen Kontakt hatte."

27. Kapitel

Oberstaatsanwalt Frank Berger befand sich gerade auf dem Heimweg, als ihn der Anruf aus dem K1 der Augsburger Kriminalpolizeiinspektion erreichte.

Nachdem ihm Robert Markowitsch kurz den Grund seines Anrufs geschildert hatte, fuhr Frank Berger seinen Wagen an die Straßenseite und hielt an.

„Sind sie denn von allen guten Geistern verlassen, Markowitsch?", raunzte er den Hauptkommissar durchs Telefon an.

„Haben sie auch nur die geringste Spur einer Ahnung, was sie mir damit einbrocken?"

„Ist mir schon klar, dass dies ein ziemlich deftiges Süppchen ist, aber die Indizien der Spurensicherung lassen mir keine andere Möglichkeit", meinte Markowitsch.

„Ich hoffe nur, dass sie nicht mit allzu großer Flamme kochen, mein lieber Herr Hauptkommissar. Sonst kriegt die Angelegenheit einen sehr bitteren Beigeschmack", brummte Frank Berger.

„Also gut, in Gottes Namen. Ich bin in einer Viertelstunde bei ihnen im Büro."

Oh Mann, dachte sich der Kripochef, nachdem das Gespräch beendet war. *Das kann ja ein heiterer Abend werden. Der ist ganz schön geladen.*

Knapp zwanzig Minuten später, als sich der Oberstaatsanwalt gerade auf dem Gang vor dem Büro von Robert Markowitsch befand, öffnete sich die daneben liegende Tür.

„Guten Abend Neumann“, grüßte Frank Berger kurz angebunden, als er den Kommissar erkannte.

„Ich frage mich nur, was sich ihr Chef bei dieser Aktion mal wieder gedacht hat. Hätte man mich nicht vorher darüber aufklären können?“

„Guten Abend, Herr Oberstaatsanwalt“, entgegnete Peter Neumann den Gruß und schloss die Tür seines Büros hinter sich.

„Wenn sich ihre Bemerkung auf die Vorladung des Rainer Bürgermeisters und seiner Gattin bezieht, so muss ich den Alten in Schutz nehmen.

Wir haben handfeste Verdachtsmomente, dass beide in den Mordfall Harry Zeller verwickelt sind.“

Frank Berger kniff beide Augen zusammen.

„Malen sie mir den Teufel nicht an die Wand, junger Freund. Der Alte, wie sie ihn nennen, bewegt sich mit diesem Vorgehen mal wieder auf sehr dünnem Eis.“

„Nicht, wenn sie unter anderem das hier gelesen haben“, sprach Peter Neumann mit einem Fingerzeig auf das Papier in seiner anderen Hand.

„Aber gehen wir doch erst mal rein.“

Mit einem kurzen Anklopfen betraten die beiden den Raum, in dem der Chef der Augsburger Mordkommission grübelnd hinter seinem Schreibtisch über den Unterlagen der Spurensicherung saß.

Robert Markowitsch erkannte mit einem Blick, dass der Oberstaatsanwalt scheinbar mächtig geladen war.

„Ersparen sie mir bitte ihre Standpauke, Berger“, meinte er und deutete auf einen Stuhl gegenüber.

„Setzen sie sich und lesen die das."

Mit diesen Worten drehte er die Akte vor sich um und schob sie Frank Berger entgegen.

Frank Berger nahm das Schriftstück zur Hand, zog den Stuhl etwas vom Schreibtisch zurück.

Nachdem er Markowitsch gegenüber Platz genommen hatte, schlug er die Beine übereinander und begann damit, den Bericht der KTU sorgfältig durchzulesen.

Inzwischen betrachtete sich Robert Markowitsch den Bericht Peter Neumanns, der die Telefonverbindungen von Harry Zellers Handy enthielt.

„Das kann doch nicht wahr sein", murmelte er zwischendurch. „Welchen Grund sollte Maximilian Kanter haben, diesen Zeller über den Haufen zu schießen?"

„Ist ja nicht gesagt, dass er es getan hat, Berger", gab Robert Markowitsch zu bedenken.

„Aber hier steht doch eindeutig", wurde Frank Berger etwas lauter, „dass man auf den Geldscheinen seine Fingerabdrücke gefunden hat."

„Das ist richtig", warf nun Peter Neumann ein. „Aber wenn sie einmal einen Blick hierauf werfen, sieht die Sache nicht ganz so eindeutig aus."

Der EDV-Spezialist der Augsburger Kriminalpolizei reichte Frank Berger das Papier, welches Markowitsch vor sich abgelegt hatte.

Als Berger sich die dort aufgeführten Informationen ansah, betrat Alfred Zacher das Büro.

Er legte den Plastikbeutel, der ihm vorhin von Peter Neumann übergeben worden war, auf dem Tisch vor Robert Markowitsch ab.

„Ist mit ziemlicher Sicherheit identisch mit dem Tabak einer der Zigarettenkippen vom Tatort“, meinte er und sah dabei den Oberstaatsanwalt an.

„Guten Abend Herr Berger.“

„‘n Abend, Zacher“, entgegnete dieser den Gruß und deutete fragend auf die Unterlagen. „Es gibt nichts zu rütteln an ihren Ergebnissen?“

„Rütteln dürfen sie, aber es wird immer das Gleiche unten raus kommen“, lächelte Alfred Zacher bestimmt.

„Die Fakten zu Harry Zellers Tod sind eindeutig. Jedenfalls eindeutiger, als wir sie bisher im Fall Erna Gebinger haben.“

„Stimmt“, seufzte Frank Berger. „Die Geschichte steht ja auch noch aus. Wie sieht’s denn hier mit ihrem Bericht aus?“

„Das kann noch etwas dauern“, gab der Leiter der Spurensicherung zu bedenken.

„Meine Leute arbeiten mit Hochdruck, aber das Abhören der ganzen Tonbänder dauert eben. Ich hoffe, dass sie bis morgen früh damit durch sind.“

Als das Telefon läutete, nahm Markowitsch umgehend den Hörer ab.

Nachdem er einige Sekunden lang dem Anrufer zugehört hatte, verdunkelte sich seine Mine zunächst.

Man sah dem Leiter der Augsburger Kripo an, dass es hinter seiner Stirn mächtig zu arbeiten schien.

Schließlich entspannten sich seine Gesichtszüge wieder und er meinte:

„Das ist vielleicht gar nicht so schlecht, Herr

Kollege. Aber geben sie Kommissar Frei bitte umgehend Bescheid, dass man beide getrennt und ungesehen voneinander ins Gebäude bringt.“

Frank Berger sah Markowitsch fragend an, doch dieser winkte nur beruhigend ab.

„Alles in Ordnung, ich habe soeben nur eine kleine Änderung des Ablaufs für den heutigen Abend beschlossen.“

Der Oberstaatsanwalt erhob sich von seinem Platz und lief einige Male wie ein unruhiges Raubtier im Büro auf und ab.

„Also gut, Markowitsch“, gab er sich schließlich geschlagen. „Bis wann werden Kanter und seine Frau hier sein?“

Der Chef des K1 sah auf seine Uhr.

„Die Herrschaften sind unterwegs, sie sollten demnächst hier eintreffen.“

„Dann wäre ein starker Kaffee in der Zwischenzeit angebracht“, sagte Frank Berger und zeigte auf die Maschine, die in der Ecke des Büros auf einem Sideboard stand.

„Gute Idee“, stimmte der Hauptkommissar zu. „Ich werde ihnen dabei kurz mein geplantes Vorgehen erläutern.“

28. Kapitel

Maximilian Kanter war auf das Äußerste empört, als er unmittelbar nach Ende seiner Wahlrede aus dem Saal geholt wurde.

Zwar hatten sich die Polizeibeamten diskret verhalten und ihn nicht vor seinem Wahlpublikum in Handschellen abgeführt, doch schon allein die Tatsache, dass er ohne offizielle Vorladung in die Augsburger Kriminalpolizeiinspektion gebracht wurde, betrachtete er als Eklat.

Auf seine Frage hin, was man ihm vorzuwerfen hatte, bekam er von den Beamten aus Rain keine befriedigende Antwort.

Doch auch seine Androhung rechtlicher Konsequenzen hielt die Polizisten nicht davon ab, den Anordnungen aus Augsburg zu widersprechen.

So sah sich der Rainer Bürgermeister eine knappe Stunde später im Polizeipräsidium Robert Markowitsch und Frank Berger gegenüber sitzen.

„Da ich nicht die geringste Ahnung habe, weshalb sie mich hier wie einen Schwerverbrecher vorführen lassen, benötige ich auch keinen Rechtsbeistand", lehnte er das Angebot des Hauptkommissars ab, seinen Rechtsanwalt anzurufen.

„Vielleicht erklären sie mir erst einmal den Grund für ihre absurde Aktion, meine Herren."

Frank Berger stand in einer Ecke des Büros und beobachtete die beiden Männer am Schreibtisch.

Robert Markowitsch wirkte ruhig, als er Maximilian Kanter mit den Tatvorwürfen zur Ermordung von Harry Zeller konfrontierte.

Zunächst konnte der Oberstaatsanwalt sehen, dass der Bürgermeister zunehmend nervös wurde und mehrmals nach dem von Markowitsch bereitgestellten Wasserglas griff.

Doch je direkter der Hauptkommissar seine Verdachtsmomente äußerte, desto selbstsicherer wurde Maximilian Kanter.

„Diese Geschichte lässt sich schnell aufklären", meinte er nach einer Weile ruhig.

„Das Ganze wird mich wohl meinen Posten als Bürgermeister von Rain kosten, aber ich lasse mir hier keinen Mord anhängen."

Markowitsch und Frank Berger sahen sich fragend an, als Kanter weitersprach.

„Es stimmt, dass ich Harry Zeller draußen am Lechkraftwerk getroffen habe. Auch dass ich ihm Geld gegeben habe entspricht den Tatsachen.

Ich habe mich da in eine Sache verrannt, von der ich leider zu spät bemerkte, dass sie mir aus den Händen glitt.

Die Umfragen, was meine Wiederwahl zum Bürgermeister von Rain am Lech angeht, zeigten sich in den letzten Wochen und Monaten nicht immer zu meinen Gunsten.

Wenn man die Wähler nicht mehr direkt erreichen kann, so versucht man es eben auf Umwegen über etwas, sagen wir mal einflussreichere Personen."

„Womit sie aber doch sicherlich nicht Harry Zeller meinen", unterbrach Markowitsch den Bürgermeister.

Kanter winkte nur kurz ab.

„Nein, keineswegs. Das Zusammentreffen mit ihm war nur ein dummer, unglücklicher Umstand, wie sich jetzt letztendlich herausstellt."

Maximilian Kanter klärte nun Robert Markowitsch und Frank Berger darüber auf, wie es an dem besagten Abend im Haus von Erna Gebinger zur Begegnung mit Harry Zeller kam.

Dabei schilderte er auch das zufällige Mithören des Tonbandes von Erna Gebinger.

Markowitsch wurde hellhörig. Ergaben sich hier irgendwelche Zusammenhänge mit dem Mord an der alten Dame?

„Weshalb waren sie so versessen darauf, in den Besitz dieses Tonbands zu kommen?", wollte er wissen.

Maximilian Kanter legte eine kurze Pause ein, bevor er fast schon schuldbewusst weitersprach.

„Sehen sie", meinte er, „mich interessierte in diesem Fall keineswegs die alte Geschichte von Franz Gebinger, von der man ja sowieso nicht weiß, ob sie den Tatsachen entspricht.

Ich sah in diesem Band nur die Chance, endlich irgendwie an diesen alten Schuppen zu kommen, der das Gelände des Blumenhotels verschandelt.

Im Sinne des öffentlichen Interesses hätte man sicherlich eine Möglichkeit gefunden, das Gebäude endgültig abzureißen."

Frank Berger trat an Markowitsch's Schreibtisch heran.

„Was dem Hotelbesitzer sehr entgegen gekommen wäre und ihnen die Gunst eines einflussreichen

Wählers eingebracht hätte", schloss er aus Kanters Erläuterung.

„Richtig", gab Maximilian Kanter zu.

„Die Tatsache, dass ich meine Felle im Kampf um die Wählerstimmen mehr und mehr davonschwimmen sah, haben mich wohl ziemlich verblendet.

Mir ist inzwischen durchaus bewusst geworden, dass ich mich in dieser Sache alles andere als korrekt und loyal verhalten habe.

Letztendlich war die Angelegenheit wohl von vorne herein zum Scheitern verurteilt. Ich habe dies leider zu spät erkannt.

Aber ich betone dies jetzt noch einmal:

Ich habe mit dem Tod von Harry Zeller nicht das Geringste zu tun!

Zu dieser Zeit, die sie vorhin erwähnten, saß ich nämlich im Rathaus, was mehrere Mitarbeiter dort sicherlich bestätigen werden."

„Sind sie im Besitz einer Pistole des Kalibers 45, Herr Kanter?"

Robert Markowitsch hoffte, den Rainer Bürgermeister mit seiner Frage überraschen zu können.

Kanter schien diese Frage erwartet zu haben.

„Ja", meinte er schulterzuckend. „Sie liegt zu Hause in meinem Tresor. Ich habe selbstverständlich und ganz legal auch eine Waffenbesitzkarte dafür."

Markowitsch und Frank Berger sahen sich kurz an. Der Oberstaatsanwalt nickte kurz und der Kripochef griff zum Telefonhörer.

Er ließ es am anderen Ende dreimal läuten, dann

legte er wieder auf.

Nur eine Minute später sah sich Maximilian Kanter erstaunt und mit offen stehendem Mund seiner Frau gegenüber, die von Peter Neumann in das Büro von Robert Markowitsch geführt wurde. Man sah ihm an, dass er über das plötzliche Erscheinen seiner Frau völlig überrascht war.

Entrüstet wollte er schon zu einer Äußerung ansetzen, als ihn der scheinbar teilnahmslose Blick aus ihren Augen traf. Kanter hatte in diesem Moment das Gefühl, als würde seine Frau durch ihn hindurchsehen.

Sabrina Kanter, wirkte abwesend, beinahe schon lethargisch auf ihn. Nur Sekunden später jedoch begann sie hemmungslos zu weinen, konnte den Blicken ihres Mannes nicht standhalten.

Peter Neumann legte das Geständnis der Frau auf dem Schreibtisch des Hauptkommissars ab, wobei dieser ihn fragend ansah.

„Als ich sie mit den Untersuchungsergebnissen der KTU konfrontierte, hat sie alles gestanden", sprach Neumann zunächst mit einem Blick auf seinen Chef und den Oberstaatsanwalt, bevor er Maximilian Kanter ansah.

Ungläubig starrte der Rainer Bürgermeister in das von Tränen gerötete Gesicht seiner Frau, als diese schluchzend zusammenbrach und kurz darauf von einer hinzugerufenen Beamtin abgeführt wurde.

„Die Kollegen aus Rain werden sie nach Hause fahren, Herr Kanter", unterbrach Markowitsch die beklemmende Stille im Raum.

„Allerdings werden wir sie in den nächsten Tagen nochmals zum noch ungeklärten Tod von Erna Gebinger befragen müssen."

Maximilian Kanter erhob sich schwerfällig von seinem Stuhl. Man sah ihm an, dass er angesichts des für ihn völlig unerwarteten Ausgangs sichtlich geschockt war.

Sein ausdrucksloser Blick traf zunächst Frank Berger, bevor er Robert Markowitsch ansah.

„Ich habe auch mit dem Tod an Frau Gebinger nichts zu tun", sprach er leise mit gleichgültiger Stimme.

Anschließend verließ er grußlos das Büro der Augsburger Mordkommission.

Auch Oberstaatsanwalt Frank Berger wollte nun den verbleibenden Rest des Abends lieber zu Hause verbringen.

„So schnell wird man zur verkrachten Existenz, Markowitsch", sagte er mit resignierendem Unterton. „Die Politik scheint selbst hier abseits der Großstadt ein Scheißgeschäft zu sein."

„Da haben sie wohl Recht, Berger", kam dessen Antwort, nachdem er sich kurz das Geständnis von Sabrina Kanter durchgesehen hatte.

„Wenn ich die Aussage hier richtig deute, so hatte Kanters Frau wohl Angst, dass ihr Mann seinen Posten als Bürgermeister verlieren könnte und beide somit auch auf gewisse Privilegien verzichten müssten."

Robert Markowitsch dachte einen Augenblick nach.

„Die Erklärungen Kanters scheinen mir ja durchaus plausibel zu sein. Aber wer zum Teufel hat dann Erna Gebinger auf dem Gewissen?“

Frank Berger stand bereits in der offenen Türe, als er meinte:

„Das, verehrter Herr Hauptkommissar, ist ihre Hausaufgabe. Für mich ist heute Schulschluss.“

29. Kapitel

Robert Markowitsch stand am nächsten Morgen am Fenster seines Büros und sah auf die regennasse Straße hinunter.

Der vergangene Abend hatte zwar endlich Licht in einen der beiden Mordfälle gebracht, die genauen Hintergründe aufzuklären überließ er aber den zuständigen Gerichten.

Nun galt es für ihn noch, den Tod an Erna Gebinger aufzuklären.

Markowitsch konnte sich noch immer keinen Reim darauf machen, was sich im Haus der alten Dame abgespielt haben könnte.

Auch die sonst so erfolgreichen Recherchen Peter Neumanns hatten keinen weiteren Anhaltspunkt gebracht.

In Bezug auf dieses mysteriöse Tonband oder das alte Gemäuer vor dem Rainer Blumenhotel gab es auch in der digitalen Welt des Computerspezialisten keinerlei Hinweise auf irgendwelche Zusammenhänge.

Die Situation ist so bescheiden wie das Wetter dachte sich der Kripochef, als er das Läuten des Telefons vernahm.

Robert Markowitsch ging an seinen Schreibtisch und erkannte mit einem Blick auf das Display die Nummer der KTU.

Er nahm in seinem Sessel Platz und griff nach dem Hörer.

„Guten Morgen, Zacher“, sagte der Hauptkommissar.

„Hier in Augsburg regnet es in Strömen. Ein positiver Bericht ihrerseits würde extrem dazu beitragen, um meine Laune zu verbessern."

„Na, dann will ich mal nicht so sein und bei diesem Sauwetter ihren Sonnenschein spielen, Markowitsch.

Im Namen der Kolleginnen und Kollegen darf ich ihnen mitteilen, dass sie auch ihren zweiten Mordfall getrost zu den Akten legen können."

Robert Markowitsch atmete einmal tief durch.

„Machen sie bloß keine Witze mit einem alten Mann, sie Aufschneider. Ich habe ein schwaches Herz."

Alfred Zacher konnte sich bei dieser Aussage ein Lachen nicht verkneifen.

„Nein, im Ernst", sagte er schließlich. „Wir haben nun endlich auch die restlichen Tonbänder aus dem Haus von Erna Gebinger ausgewertet.

Im Grunde genommen befinden sich darauf nur irgendwelche Unterhaltungen der alten Dame mit ihren Beos.

Sie scheint auch wirklich keinen Versuch ausgelassen zu haben, um den Vögeln das Sprechen beizubringen."

„Und damit haben sie nun den Tod der Frau aufgeklärt?", wollte Markowitsch wissen.

„Machen sie keine Scherze, Zacher. Sie wollen mir doch nicht etwa weißmachen, dass die Tierchen ihnen das vom Band gezwitschert haben?"

„Keineswegs, Markowitsch", kam es zurück. „Aber auf einem der letzten Bänder ist genau zu hören, wie die ganze Geschichte an diesem Abend abgelaufen sein dürfte.

Leider muss ich ihnen gegenüber zugeben, dass ein kleines Missgeschick unsererseits zu unnötiger Zeitverzögerung geführt hat.“

“Ach“, meinte der Hauptkommissar etwas ironisch. „Der große Alfred Zacher gibt einen Fehler zu?“

„Kein Fehler, Markowitsch“, lachte Zacher. „Diesen Gefallen tue ich ihnen nicht. Es war wie ich gerade schon gesagt habe nur ein kleines Missgeschick.

Das Tonband, das beim Auffinden des Gerätes eingelegt war, hatten die Kollegen leider zuerst entnommen, um das im Boden des Käfigs Aufgefundene zu analysieren.

Nachdem wir es nun erst gegen Schluss der Auswertung abgehört haben mussten wir feststellen, dass wir den Mord an Erna Gebinger schon früher hätten aufklären können.

Auf jeden Fall lief das Tonbandgerät zu einem Zeitpunkt, als die Frau mit ihrem Enkel in Streit geraten sein muss.

Die Aufzeichnung belegt eindeutig, dass Zeller wohl ziemlich ungehalten und aufgebracht war, als Erna Gebinger ihm die Herausgabe von Franz Gebingers Geständnis verweigerte.

Harry Zeller konnte wohl nicht verstehen, weshalb sie ihm das besagte Band trotz seiner zuerst eindringlichen Bitte nicht aushändigen wollte.

Man kann deutlich heraushören, dass er es zu einem guten Preis an Maximilian Kanter verkaufen wollte.

Er rechnete sich dadurch wohl die Chance aus, in Rain wieder Fuß fassen zu können.

Die alte Dame jedoch schien der Ansicht gewesen zu sein, dass ihr Enkel durchaus alt genug sei, um endlich auf eigenen Füßen zu stehen.

Außerdem wollte sie sich nur in aller Ruhe ihren beiden Beos widmen."

„Worauf Harry Zeller dann ausgerastet ist?", schlussfolgerte Markowitsch.

„Sieht ganz danach aus", bestätigte Alfred Zacher die Vermutung des Hauptkommissars.

„Den Hintergrundgeräuschen nach zu urteilen gab es eindeutig ein Handgemenge. Harry Zeller ist dabei scheinbar nicht nur verbal auf seine Großmutter losgegangen."

Robert Markowitsch ließ einige Sekunden verstreichen, bevor er weitersprach.

„Ob diese Aufzeichnungen vor Gericht stand halten, Zacher?"

„Kann ich ihnen nicht sagen, Markowitsch. Ich bin kein Richter.

Aber nachdem Harry Zeller tot ist, scheint mir dieses Band bei seiner Vorgeschichte doch eine logische Erklärung darzustellen."

„Wir werden sehen, Zacher", sprach Robert Markowitsch sichtlich erleichtert.

„Trotz allem: gute Arbeit, auch wenn es etwas spät kam.

Dass ein altes Tonband zur Aufklärung eines Mordes beiträgt, hätte ich mir auch nicht träumen lassen."

„So hat sich das Ringen Maximilian Kanters um die von ihm ersehnten Wählerstimmen letztendlich als großer Rain-Fall herausgestellt“, meinte Peter Neumann.

Ende

208 Seiten 12,90 €

ISBN-13: 978-3837095012

208 Seiten 12,90 €
ISBN-13: 978-3837054163

204 Seiten 12,50 €

ISBN-13: 978-3848225644

136 Seiten 8,90 €

ISBN-13: 978-3842384118

160 Seiten 9,90 €

ISBN-13: 978-3831149100